新詩與小說選讀

現代文學

MODERN LITERATURE

王欣澑、向麗頻
陳文豪、陸冠州———
編

■ 國家圖書館出版品預行編目（CIP）資料

現代文學——新詩與小說選讀 / 王欣櫟、向麗頻、
陳文豪、陸冠州編著. -- 初版. -- 高雄市：麗文文化,
2021.09
　面；　公分
ISBN　　（平裝）

現代文學——新詩與小說選讀

初版一刷‧2021 年 9 月

編著	王欣櫟、向麗頻、陳文豪、陸冠州
責任編輯	鍾宛君
封面設計	薛東榮
發行人	楊曉祺
總編輯	蔡國彬
出版者	麗文文化事業股份有限公司
地址	802019高雄市苓雅區五福一路57號2樓之2
電話	07-2265267
傳真	07-2233073
網址	www.liwen.com.tw
電子信箱	liwen@liwen.com.tw
劃撥帳號	41423894
臺北分公司	100003臺北市中正區重慶南路一段57號10樓之12
電話	02-29229075
傳真	02-29220464
法律顧問	林廷隆律師
電話	02-29658212

行政院新聞局出版事業登記證局版台業字第5692號

ISBN　　（平裝）

麗文文化事業

定價：400元

編者序

　　需要爲研發之母，本書籍的產生是做爲本校（文藻外語大學）大一國文教材使用，由應用華語文系四位教師編纂而成。大一國文課程分成「現代文學（一）」已於 2017 年出版《文藻——現代散文悅讀與舒寫》兩冊，如今「現代文學（二）」新詩與小說選讀，在諸位同仁努力下也即將問世。

　　識者或問，坊間已有不少新詩和小說選文或讀本，爲何還需要自編教材呢？其理由有二，一是基於教學時程的考量，以一學期 18 週每週 2 小時課時計，在分量上分成四單元，每單元依主題選列四篇作品（新詩、小說各兩篇），共計 16 篇作品。其二，服膺本校大一國文學習目標，本科目學習目標有以下四點：1.能辨別新詩與小說文體形式及特點。2.能運用新詩與小說形式特點，提升文學寫作能力。3.具備對現代文學中新詩與小說發展學理性的基本認識。4.透過閱讀新詩與小說作品，能掌握其內涵與生命互感的意義。依此學習目標，建構本書編寫框架。

　　新詩和小說看似兩種極端的文類，細忖之實有其共同點，即反映時代意義及受文藝思潮影響的色彩鮮明。因此編輯群經討論後，決定以「鄉土寫實」、「女性主義、「現代與後現代主義」、「魔幻數位」做爲本書四大主題。第一單元「鄉土寫實」，讓學生了解臺灣周遭社會環境與人生發展的深度聯繫；第二單元「女性主義」，探討女性細膩的內在及自我定位的演變；第三單元「現代與後現代主義」，導引學生了解現代與後現代主義文藝特色；第四單元「魔幻數位」，藉由科技導入生活，探討生活或生命的改變。每一單元的框架有「教學目標」、「知性時間」、「閱讀文本（含作者介紹）」、「問題與討論」、「寫作引導」、「活動與作業」、「延伸閱讀」、「相關影片」等八大項。

　　爲了訓練學生思辨及表述能力，每單元均設計了豐富、具開放性的

「問題與討論」及「活動與作業」，教師可視上課時程或學生特質，選擇適切的問題與作業，引導學生進行討論、分享、報告或寫作。

關於本書主題、文本的選擇，即使編者有其主張，然文學世界浩如宇宙燦若繁星，豈是管窺一隅能窮盡？因此不足、不周勢必存在，望識者諒解，如蒙賜教更不勝銘感。又，本書曾獲教育部「106 年度技專校院教學創新先導計畫」經費補助出版，在此致謝。

目　次

現代文學
──新詩與小說選讀

第四單元　魔幻數位

第 **1** 單元

鄉土寫實

壹、教學目標

（一）閱讀陳義之〈雨水臺灣〉、零雨〈太平洋〉、顏敏如〈開羅事件〉、洪醒夫〈吾土〉，使學生瞭解鄉土、寫實作品的特點與內容。

（二）透過本單元使學生學習從多元視角觀察各地風土人情，並增進對社會環境的關懷與反思。

貳、知性時間

　　在討論本單元「鄉土和寫實」選讀作品之前，我們先介紹「鄉土和寫實」主題知識：

（一）「鄉土和文學」是什麼樣的分類概念？

　　文類的定義是個複雜的問題，「鄉土和寫實」包含哪些作品？是有可以討論的地方。如果以線性歷史的角度來觀察 1949 年之後臺灣文學的發展脈絡，可以說上世紀 50、60 年代是「現代主義」盛行時期，70 年代是「鄉土文學」盛行時期，80 年代之後進入「後現代主義」時期。各期文學思潮的流變是對應臺灣內部及外部環境的改變；換言之，臺灣現代文學對應臺灣社會現實的變遷，烙有不同的時代印記。

　　這樣的斷代分析有其理據，有助於我們掌握臺灣文學的發展脈絡。但是，我們仍應注意同一時期文學思潮交融、重疊的現象。即以「鄉土文學」而言，70 年代之後，臺灣面臨激變的國際局勢，加上內部有政治、經濟諸多因素，文學的視角「回歸鄉土」，重新關注臺灣這塊土地，「鄉土文學」因是而興。

　　「鄉土文學」，主要是反映社會現實。早期題材常選擇農村的小人物為典型，以批判社會的現實問題，後來又有以漁民、工人為題材的作品。「鄉土文學」既要反映現實，就要求所寫的現實是真實的，

因此，「鄉土主義」與「寫實主義」匯流成為「鄉土寫實主義」。「鄉土」與「寫實」因而併合為「鄉土寫實」——這一具有文類意味的語彙。

（二）「鄉土和寫實」文學視野與定義的新變

走過 70 年代「鄉土文學論戰」的紛爭，「鄉土和寫實」文學有了更多變化的可能。概而言之，作家在臺灣逐漸擁有更大的表現空間，能自主、機智地在作品中處理與政治意識的關係，或是或非，或正或反，或遠或近，不一而足。是以「鄉土和寫實」文學已試圖或成功跳出從一個端點到另一個端點的窠臼，「鄉土和寫實」文學的邊界漸漸有無窮的彈性，具有開放、多元、雜揉的特色。

80 年代解嚴之後，由於環境及政策的轉變，個人觀光、探親、留學、工作的需要，臺灣與世界的交流頻繁，網路數位科技的發達，作家與不同的土地直接連結的機會大增，他們擁有更現代、更寬廣的視野，所認定的鄉土概念複雜而多元。是以「鄉土和寫實」的定義變為寬廣，不再限於臺灣在地的書寫，且不受限於悲情基調，又不強調人物的典型意義。「鄉土和寫實」文學可說是「立足臺灣」而進入「放眼看世界」的時代；「鄉土和寫實」文學的舊貌換新顏，其未來亦必然或必要超脫意識型態之束縛，得以用自由、開闊的胸襟扎根土地，迎向海洋。

本單元選文即反映「鄉土和寫實」的特殊顯示，關乎我們生活情境的流變及特點。我們不能僅注意其中風土人情的紀錄，只關注作品所表達的現象，而應關注作品如何表達、如何思考的問題。這是為我們宣稱的文學認知之準備，希望這四篇作品可以作為我們閱讀的起點，可以與所有有所追求者對話。

參、閱讀文本

1 雨水臺灣 ／ 陳義芝

水牛靜伏
清溪緩緩流過牠的足蹄腹背
如臺灣，磐石安置大海中
牛毛般的雨水降下
落在牠褐黑的土地
多汗孔的肌膚

反芻去冬飽溢的穀香
雨中，牛把頭沉入水裡再歡喜抬起
平遠的視界順命安時
沿著田埂和泥畦
像農夫於午間進食時蹲坐樹下
自青草嚼舌的河岸
描繪霧雨蒼蒼的春原

犁耙牽引
一畝畝一頃頃的田土踢腿翻身
睜開童濛的睡眼了
攝氏十五度吹東北季風
祖先明示立春

溝水湧向田央，地氣上騰

萌芽的稻種如頑皮的孩子

被木鏝輕輕摟進懷裡

早熟的甘蔗懷藏甜蜜的心事

白胖的蘿蔔渴望除去厚重的泥襖

當香蕉展笑臉，鳳梨吐出青澀的愛意

天地和合美麗的正月

雨水從曆書下到田裡

從童年的夢流至筆下

濁水溪旁的龍眼漸開出細白的小花

高雄芒果準備好交接蜂吻

屏東蓮霧呵，早早就訂了初夏之約

而我——來自遠方

正子時之交，乘亂風而起

原本就是雨水

最親的兄弟

● **作者介紹**

　　陳義芝（1953- ），臺灣花蓮人，後移居彰化、臺北。國立臺灣師範大學國文系畢業，香港新亞研究所文學碩士，國立高雄師範大學國文所博士。曾任小學、中學教師，《聯合報》副刊編輯、主任，現任教於國立臺灣師範大學國文學系。1972 年開始寫詩，任臺中師專後浪詩社社長，詩人季刊主編，為臺灣現代詩壇中堅代著名詩人。著

有詩集《落日長煙》、《青衫》、《新婚別》、《我年輕的戀人》、《不能遺忘的遠方》、《不安的居住》、《邊界》及散文集《為了下一次的重逢》、《在溫暖的土地上》等，及論述集數種。詩作入選多種選輯，有英譯、日譯及韓譯本。

　　陳義芝自言他的詩歌道路，就是「抒情傳統」的道路，（〈陳義芝詩精選集——一隻或許的手寫詩自述（1972-2002）〉）這是這位編輯兼學者作家筆耕的信念過程。洪淑苓《孤獨與美——臺灣現代詩九家論》評介陳義芝以古典抒情見長的寫作風格，並介紹其求新求變的展現。陳義芝在《不能遺忘的遠方》自序云：「對使用文字的人來說，不僅思維方式改變不易，慣用字彙的捨棄、翻新，也十分困緩。近年來，我同時努力這兩項改變，儘量放鬆語氣，選擇一種快速，不遲疑的筆調。在清通可解的句法，與彆扭不易解的字詞結構之間如何選擇，其理至明。」可見他自我提高及自我突破的努力，是詩人永不停止建構與批判的自覺表現。

　　陳義芝〈雨水臺灣〉發表於 1985 年，收入《新婚別》詩集。詩一開首以水牛形喻臺灣，在春雨的潤澤下萬物滋長。印象中的臺灣農村，厚實而豐盈，欣然於臺灣的和諧、歡樂與富足。這是詩人對現在的認知，對過去的懷念，也是對未來的展望。

2 太平洋 ／ 零雨

我們正在失去。在海中。載著我們所有
散失之物。往東流去。到另一繁華
的彼處

情感。信仰。記憶。漸漸遠離——

那時我們將淚眼滂沱。微不足道
加入大海的洪流。然後轉身。有一日
將轉身。迎接另一處漂流而來的——

情感。信仰。記憶。並感覺那種
激動。使我們的血液重新湧現。並驚訝
偷偷換過的那一刻。如何。那一刻
被時間忘卻

這時
我也有了一個兒子
你在。我的懷中
吸吮

● 作者介紹

　　零雨（1952-），本名王美琴，臺灣新北市坪林人。國立臺灣大學中文系畢業、美國威斯康辛大學東亞文學碩士，國立宜蘭大學退休教師。曾任《國文天地》副總編輯、《現代詩》主編，並為《現在詩》創社發起人之一。零雨的詩歌寫作開啟於 1983 年，出版詩集：《城的連作》、《消失在地圖上的名字》、《特技家族》、《木冬詠歌集》、《關於故鄉的一些計算》、《我正前往你》、《田園／下午五點四十九分》、《膚色的時光》。

　　「零雨」之名出自《詩經·東山》。黃文鉅〈鐵道上的楚騷：生命就是這樣——零雨談《田園／下午五點四十九分》〉說：「她的詩風難以歸類，難以貼上標籤。她的每首詩幾乎都有兩個以上的焦點交互辯證，從來不滿足於單一、具體的視野。論者泰半認為，零雨的詩反抒情、中性、沒有意識形態。歸根結柢，零雨詮釋的是一種宇宙人的哲學觀，消解了人間的美惡對立或概念先行。再透過當代感的技巧，體現時間、空間，及人類的生存困境等直指人心的主題。這些才是零雨的終極關懷。」足見其沉吟的苦心與錘鍊的工夫。在古典與現代之間，零雨誠然走出屬於自己的道路。

　　零雨〈太平洋〉發表於 2008 年 12 月 1 日《聯合副刊》，收入於 2014 年出版之《田園／下午五點四十九分》。零雨的詩，看似知性，實則寓意深刻，口吻看似輕描淡寫，卻帶有一種不可言說的、神祕的、黑暗的核心——詩人既對當前現實幻滅絕望，又矛盾地別抱憧憬。零雨〈太平洋〉體現的是這種生存美學，其中有其批判、反思的涉世成分，存在的哀愁、悵惘、驚駭、反諷，更有其令人動容的魅力。

3 開羅事件 / 顏敏如

「準備好了嗎？」M問。

街旁行人多，街上的大車小車轟過來轟過去。不曉得他是否注意到我忙著左看右瞧又同時點頭。

「現在我們要以開羅方式過街了！」說著，他一把抓住我手臂大步跨過幾乎沒有間隙的車流。

開羅的紅綠燈除了站著和星星對望之外，沒有其他作用。

「妳想去哪家吃？」

「隨便。」

M提了幾家在解放廣場附近的好餐廳，我全去過了。

「怎麼辦？這一帶恐怕妳比我還熟悉！」

「是你邀我出來的，你得想辦法變出一家來！」

面對不同的人當然有不同的對待方式。面對M，我允許自己對他笑著蠻橫。

那是條巷子，不窄，也相當短。從這一頭進入就已經看到那一頭的出口。M領我去一家陌生的餐廳。一坐定，才發覺烟雲在燈光裡飄忽。過了一會兒，烟味逐漸侵入，衣服、頭髮、皮包，全都躲不過。隔壁桌說英文的聲音潮浪似地襲來。侍者給了M阿拉伯文菜單，給了我法文菜單。稀奇！

「我就要potage légume（蔬菜湯）。」

「那是這一整本菜單的第一行。妳根本還沒看就做決定了。」

「這就夠了，其他的都是多餘。」說著，我合起了菜單。M

繼續在那些蚯蚓字堆裡找他已經相當遲的晚上糧食。

　　這家餐廳 M 找得並不辛苦。旋旋轉轉，門一開，就認定了。燈光暈暗，人聲沸揚，加進已是氣氛吵雜的阿拉伯歌曲彎彎顫顫在食客身旁婉轉曲繞。我的頭漲得突突發痛。這不是個談話的好時候。這是個笑鬧的好地方。

　　「我不喜歡女人這麼受到騷擾！」

　　我一邊喝菜湯一邊悠悠慢慢地說。M 怔怔地看著我。原來他換了付眼鏡，我現在才發覺。很快地他若有所悟地說：

　　「那是個新現象。是二〇一一年革命時以及革命後才有的現象，也有些是穆斯林兄弟會的策略。」

　　這就是和 M 談話的好處。他總是能精準拿捏我不著邊際突然拐出的想法。

　　「他們故意侵犯女人而讓民眾覺得政府沒有能力保護，這是一種對付政治敵手的手段，很管用。他們讓女人不敢上街，讓其他人覺得，只有壞女人才去解放廣場。在這些人的家庭中，男人不習慣女人反嘴，不習慣女人在『前面』。具體的做法是，他們動員心裡受挫又有怒氣的年輕人混在人群裡，看到一個、兩個或幾個在一起的女人，把她們層層圍住，然後輪流下手。特別是大型示威活動裡，不但人擠人，彼此說話也不容易聽清楚，在那種情況下，受侵犯的女人不但擠不出人群，連叫喊的聲音也讓人難以分辨……。」

　　「所以就只能等著被宰？」

　　「所以女人就不敢出門。所以舊腦筋的人就贏了！」

　　「贏了什麼？」

「贏了女人不可拋頭露面的主張。」

「天！都已經是二十一世紀了！」

「妳以為『Daesh』*佔了大片土地做什麼？」

「貫徹建立伊斯蘭大國的意志，並且能夠以舊時代的伊斯蘭法統治。」

「那就對了。妳我都知道這些人病了！」M指指他的前額。

「不過，現在埃及人清醒了。就拿兩週前發生的事情來說吧。一個女人在百貨公司裡受到騷擾，她大聲叫嚷而引起了注意，警察也來得及把那男人逮了。後來這女人受邀到電視台說明經過，不料女主持人還責怪受害人不應該穿著暴露。」

「不是男人才有這種想法嗎？他們責怪女人不應該故意吸引他們，卻從來不想想怎麼管理好自己那傢伙。根本是強辯、詭辯！現在這女主持人也加入迫害女人的陣營，我完全無法了解！」

「事實上受害人並沒有穿著不妥當，是那女主持人太笨，認為順道而行可以衝高她往後主持節目的收視率。只可惜啊，她把埃及社會估計錯誤，以為這種老舊思想還流行，結果適得其反。」

「怎麼了？」

「廠商串連，不再在這女主持人的節目做廣告！」

「所以她被解雇了？」

「當然。」

---

*編者註：Daesh即是伊斯蘭國 ISIS 的阿拉伯語發音。

「Bravo！這才是我認識的、新的埃及社會。」

M開心地笑了。指指桌上一盤白淨淨的「餃子」，要我試試。自從在阿富汗被他們的餃子嚇過之後，我再也不碰從外表看不到內容的吃食。

「有組織的騷擾是要達到既定目標，個人突發的騷擾只是一時逞快也根本無從追究起。」

我嘴巴說著，腦海中則出現任何人看過一定忘不了的一幕。那是個穿牛仔褲的女人，被兩名警察在大街上拖行。她的臉被自己的衣服蓋住，上身只露出白色胸罩。我無法想像她那時候的感覺：極度羞忿，近乎瘋狂？

「二○一一年革命的遺績是，人們，特別是女人，對自己有信心了，敢講話了。她們組織各種自助團體，接受個案，幫受害人以法律方式討公道。現在警局裡甚至設置了專門接受有關女人案件的部門，對吧？」

「沒錯。外界看到的是，埃及領導人變換，國會改選，憲法重修。其實最重要的是，埃及人發覺，自己說話竟然有人聽，竟然有人把他們當成一回事了。這種歡喜是前所未有的，只是影響的深遠現在還看不出來。」

M攤開雙手，卻不自覺他是一手拿叉另一手拿刀。新眼鏡後的兩隻大眼睛笑得發亮。

「有人說，革命是美國主導的。」

「可以這麼說。」

「什麼？」我大叫，身體前傾，差點把桌上的瓶裝水推倒。「你就這麼侮辱自己人？這麼看輕自己人？埃及年輕人的追求不

需要外人來指揮！」我不高興地說。

「別急，別急。要把事實和結果分開看。」

M 不嚼東西了，他要安撫我。看得出來，他有些不安。

「事實是，美國，其實也不只是美國，就說是西歐和紐澳等進步國家的 NGO，或從這些國家到埃及來『探險』的人吧，許多年前就陸續把社區網站的巨大傳播功能和民主思想、體制介紹給埃及的年輕一代。革命之前，我們早就有各種不同的社團組織，只是不敢太過公開。這些小團體一旦有清楚的目標和訴求，他們的行動力是誰也擋不住的，所以二〇一一年一月二十五日當天才能有那麼驚人的巨大群眾集結。妳應該也同意，事實本身並不一定導致和事實相關聯的某一種特定結果，因為事實在發展的過程中會有許多不同的，可知或不可知的摻雜；也就是，多年來年輕人成立社團以及所吸收、接受的思想挑戰，並不是演變成革命的必然結果。世界把美國當神啊，能夠極短時間在埃及社會動員上百萬人？」

經過 M 這麼一解釋，我立刻原諒他了。

「進步國家的非政府組織能成事也能敗事！」

「我正想說說這些人的『壞話』哩，妳竟然先提了。說說看，也許我們看法相同。」M 微笑著鼓勵我。

「他們把自己的文化或思潮介紹到埃及來時並不過濾，也不考慮直接的橫向移植對埃及會造成什麼衝擊。就像逼迫不會騎自行車的人一下子必須騎上摩托車一般。西方數百年的演變，不可能幾年內就在埃及實現。」

「那就對了，我們的看法確實相同。不僅如此，有些人甚至

以傲慢的態度指責我們不好學、不長進。」M說。

「可是啊，和民生大有關係的國家安全問題卻沒人提，因為他們沒接觸過，所以不懂。對吧？」

M向我豎起了大拇指！只要他和我的意見相同，我們的結論也許不是鐵律，做為結論應該具有相當程度的說服力。這一點，我深信不移。

「因為這些所謂的西方人權組織以自己的觀點出發，不納入外界實情加以考量。還有，他們的影響力其實只及開羅本身，開羅以南的廣大上埃及地區、西部及西奈根本是另個世界，更不用提伊斯蘭的千年影響了。從另個角度看，他們是分裂埃及的原因之一！」M加以補充。

「也有人說，美國在埃及策動政變。」我腦子裡閃過國際左派的說辭。

「又來了，又是美國！妳知道突尼西亞之後，埃及革命的觸發點是什麼？」

「不就是因為革命半年前，在亞歷山大城的一個年輕人薩伊德（Sa'id）被警察打死，才引發的？」

「實情是，二○一○春天的某一天，薩依德恰巧和幾個警察在同一個網咖裡，不知是藍芽上的什麼裝置讓薩依德可以接收到警局裡慶祝的一段錄影。問題就出在薩依德把這段影片上傳到臉書和youtube！」

我心裡一驚。埃及警察的殘暴與腐敗早已不是新聞，何況從M談話裡的暗示，我立即警覺起來。

「然後呢？快說。影片裡有些什麼？」我催促著。

「那是警察走私毒品並且賺了錢的慶祝會！片子裡，一包包的大麻和一疊疊的現金清楚無比！」

「天！」我輕叫一聲。

「警察局長當然氣瘋了，足足找了兩個月，派出許多包打聽的，薩依德當然逃不了。」

「所以薩依德就極殘忍、極當殘忍地活活被打死！」

「事情鬧大，是因為薩依德慘死的樣子在網路上流傳，激怒了全埃及。還有，好像他哥哥長住美國，才有辦法動員西方各大媒體報導。」

「那慘狀怎麼上傳到社交媒體的？」

「他哥哥和其他家人去認屍時以手機拍下的。」

「所以『我們都是薩依德』（We are all Khalcd Said）的臉書頁面運作了半年，積蓄了極大怒潮，才在突尼西亞事件之後，一發不可收拾！」

M 點點頭，繼續說，「我很可以想像，警方巨大的憤怒讓他們做了最愚蠢，也最容易看出他們沒有紀律的事情。他們在咖啡店抓到了薩依德，顧不了旁邊有目擊者就立即重手傷人。」

我正想著薩依德臉部歪曲變形、鼻樑凹陷、下顎脫臼、嘴巴上下大距離撕開、牙齒斷裂、頭髮稀疏、眼睛張開，令人難以卒睹的模樣時，M 又說了，「我們的警察沒有好的行為準則，不懂人權。所以革命一開始的訴求是要拉下警察總長，可是得不到回應，忿怒加劇，訴求升高，導致要撤換國會，最後才是要穆巴拉克下台。埃及的革命是偶然中的偶然。八十多歲的老總統在位三十年，根本不知道外界發生了什麼；他低估了年輕人對埃及社會

的影響力，更想像不到事情在幾天內就有天翻地覆的變化。他完全措手不及！」

「不對啊，為什麼從薩依德死亡到革命開始，事情拖了半年才發生？」

「事實上，埃及年輕人的集結比突尼西亞的革命和薩依德的冤死早了幾年。原本就有一批年輕人支持二〇〇八年四月六日的工人罷工，這些人把自己的團體稱為『四月六日青年運動』。他們還到塞爾維亞學習怎麼和平抗爭。」

「塞爾維亞？是 CANVAS，非暴力行動與策略應用中心（Centre for Applied Nonviolent Action and Strategies）？」

「沒錯。妳也知道這團體？」M 驚訝地問。

「當然！他們輸出或更好說外銷如何和平示威的準則和細節。那些失敗國家的政府恨死這個組織。」

「『四月六日青年運動』派人去學怎麼避開和當局的正面衝突、怎麼不擾亂交通，而且只拿埃及國旗，不拉有其他字眼的布條，免得被政黨利用，而且口號也必須一致。他們推敲出十多種口號，包括『埃及萬歲』或『噢，突尼西亞人民，革命的太陽永不下山』等等的。」

「可是怎麼偏偏選一月二十五日警察節那天呢？」

「埃及人原本就慶祝這個節日。他們認為，警察也是體制的犧牲者。」

「那是 CANVAS 說的，犧牲者不攻擊犧牲者。」

「我們的情況和塞爾維亞不同。」

「知道，知道。」

　　夜涼了。走出餐廳，沒了烟味。因為颳小風，空氣突然清新了起來。也不過幾年前，就在我站立過、行走過的地段與街道，日日夜夜充塞對國家改革寄予殷切期盼的人群。年輕人的嘶吼、遊行、抗爭，帳篷的架起摧折又架起，與警察的對峙，與警察的和睦；對軍隊的態度從信任到懷疑又回復信任；曾經遭受破壞的環境、遭受焚燒的建築，開羅人以凝結的巨大力量，一一清潔修復。上千人的死亡，更多人的受傷，多少的陰謀流傳以及不見天日的羞辱與酷刑，是埃及二十一世紀革命的負面代價。歷史越長，災難越多，經歷也越多，文化也就越加深沉。埃及該是遲暮老人，荏苒時光卻讓這古國歷練成一條定期脫皮的巨蛇，不斷以新的面貌與世人相見，在廣袤的沙漠中忽而快速串行，忽而悠閒獨走。我在黑暗的開羅街頭低頭思索，不知不覺放慢了腳步，也幾乎忘了 M 的存在。

　　「現在就去買水。」

　　「買水？」

　　「妳住的那旅店裡有可以喝的水嗎？」

　　M 沒徵求我同意，逕自領我到一個小雜貨店，裡面擠滿了物品。當我還看上看下四處找瓶裝水時，他已經不知從哪裡提了兩大瓶，正要掏錢付賬。我走上前去，正要開口……。

　　「不要和我爭。妳付錢，東西就變貴了。」

　　我依他。

　　「我選擇那旅店是因為它的外表讓我聯想起阿斯瓦尼（Aswany）在《亞庫比安大樓》（Yacoubian Building）裡敘述的樓層故事。總要想像也許會碰到突然留起鬍子，變得虔誠卻不得

不和女友分道的塔哈（Taha），以及仗勢自己是成衣店老闆，老是動腦筋佔年輕女店員便宜的德素奇（Dessouki）。還有，我真想看看舒瓦（Souad）究竟有多麼性感。大眼睛，肉顫顫的阿拉伯女人不是到處碰得到的。」

「結果呢？」

「當然誰也沒碰到。而且，就像你知道的，那麼便宜的房間裡什麼也沒有。倒是那樓本身讓我好奇。」

「哦，說說看。」

「每層樓應該有一般建築的兩倍高，格局寬敞。我可以確定，當初樓剛蓋好時一定非常雄俊氣派！」

「開羅有許多一百多年前留下來的建築，可惜沒有維修的工作，氣派也就變得頹靡了。」

「不是頹靡，是傷心。我真是等不及要知道在百年歲月裡，這些輝煌的建築裡曾經發生過什麼令人不能捨棄的故事！」

「可怕！不過幾分鐘時間，政治的妳不見了，文學的妳出現了。我看哪，妳越來越不容易相處了。」

我知道 M 在黑暗裡狡猾地笑著。隨他去。現在的我，滿腦子是那樓又高大又俊美的影像。

「從櫃台到我房間要經過一個長廊。走到盡頭打開門，是一個屋頂非常高的寬敞客廳。裡面卻只有兩張舊沙發和一張長桌。長桌上是一盆粗俗的塑膠假花，還蒙上了一層灰塵。每當我經過，總想，如果牆角擺架烏黑發亮的鋼琴，牆上掛幾幅威廉·戴維斯（William Davis）的油畫，維多利亞時代的彎腳桌上放著銀製茶具、磁盤……」

「妳還是老樣子，永遠有用不完的想像，永遠有做不完的夢。」

「不想像、不做夢，日子怎麼過？」

我冷不防從 M 手裡抓過了裝水瓶的塑膠袋，分配一瓶一點五公升的水給他，一瓶給自己。M 看著我，笑了笑，搖搖頭，也就依我了。

「講個故事給我聽聽吧。」

事少了。安靜些。我們提著水瓶散步。

「妳的故事多，妳講吧。」我想了想，說，「那麼把我們都放進故事裡。同意？」

「同意。」

「革命時你在哪裡？」

「這怎麼是故事？效應都還正在出現呀？」M 笑著說。

「故去的事情當然是故事。」我強辯。

「行，行，現在就把我們放進故事裡吧。」

M 當然掰不過我。我喜歡這種小小的勝利。

「那時各國在開羅的使館都準備撤僑了，國際機場大亂。我在都柏林出差根本回不來。妳呢？妳在哪裡？」

「在摩洛哥。」

「所以妳在事情發生之前就已經離開開羅？」

「大概是我離開十天後才開始。事情演變得嚴重時，我已去了摩洛哥。」

「我們都在故事之外啊！」

M 順著話張開兩手，水瓶子差點打到我，他卻沒察覺。

「就是因為在故事之外才需要把我們放進故事裡。而且，說真的，我們雖不在現場，卻沒有一天離開事件主軸。不是嗎？」

M 重重地點頭。我們繞到歌德學院來了。從欄杆向裡望，院子一片漆黑。

「後來吵了幾個月，把穆巴拉克和他的兒子們關進籠子裡，也好不容易選了個穆爾西＊出來，卻又來了第二個革命。全世界都看翻了眼睛。」

「不是第二個革命，是革命的第二波。」M 更正我。

「不是以『民主』方式選出穆爾西的嗎？怎麼又不對了？」

「因為穆爾西的作風違背年輕人革命的目標。他在重要職位上安插自己人，也企圖修憲延長自己的任期。」

「我知道的是，二○一二年時，埃及人只有兩個選擇，一個是穆爾西，另一個是穆巴拉克的時期的沙非克。一個保守、激進，另一個是舊政府的殘餘，該怎麼選？該選誰？那時我急，可是急也沒用啊。」

「穆斯林兄弟會在鄉間掌握了慈善、教育、醫療等體系。他們讓貧窮、樸實、簡單的鄉下人覺得自己代表伊斯蘭，其他的都是無神論。兄弟會已有八十多年歷史，組織有如國中國，在底層勢力極大，所以一旦動員，穆爾西必定當選。在穆爾西執政一年時間裡，激進的穆斯林發動要搗毀吉薩的獅身人面像，因為根據他們的說法，那是偶像崇拜，穆爾西並不出面指責。他欽點的文

＊ 編者註：穆罕穆德‧穆爾西（Mohamed Morsi, 1951–），埃及前總統。是埃及阿拉伯之春革命事件後，二○一二年首任的民選總統。由於他在各方面不當的政策，導致自由派人士聯合軍方發動政變而下台。當時協助政變的即是埃及的現代總統西西。

化部長禁止芭蕾舞，因為這種舞讓男人女人身體接觸。文化部裡著名的作家、藝術家全遭解僱，而由一批不夠資格的人代替。民營電視台裡批評他的節目受到停播的威脅。抗議的人被抓、被打，而且是由兄弟會的人下手，警察根本動不了兄弟會。由於國會成員是違憲選出的，最後只能解散，而導致許多法案不能審理，事務癱瘓。不但失業率增加，觀光客人數也大幅下降。人們掙扎著要麵包、要石油、要電力。二〇一一年的革命目標是爭取麵包、自由與正義。兩年後，這些訴求不但沒得到起碼的滿足，反而更糟。最後讓人無法忍受的是，穆爾西指派十個總督，其中七個是兄弟會的成員，一個是一九九七年路克索神殿（Luxor）攻擊觀光客激進派的一份子……」

「這事我記得很清楚，當時受害最嚴重的是瑞士觀光客。他們的屍體運抵蘇黎世時，六十多個棺木一字排開，震驚全國！」我插了話。

「那就對了。就是那一次的恐怖攻擊行動。所以，埃及人不願坐以待斃，只好又走上街頭，發動了塔瑪羅德（Tamarod），也就是反抗。這第二波革命的規模更是驚人，據說有幾千萬人上街，從南到北，塞滿整個埃及的大街小巷。一般情況，如果領導人激起這麼嚴重的民怨必定是引咎辭職，對吧？」

我點點頭。

「我們穆爾西的反應妳絕對猜不到。」M停了停才說，「他要放火把埃及燒了！」

「哇，天才，真天才！」

「還有，那些激進的甚至把人從屋頂丟下摔死，民眾才到國

防部請求軍人保護。」

「這是最引起國際反感的，他們認為穆爾西下台是軍事政變。」

「大誤會！埃及軍人在社會享有崇高地位，在法老王時代就已經是這種情形，是埃及的傳統。軍人受敬重，因為他們守紀律、愛國家。如果問埃及的小男孩有什麼志向，他們往往說希望當軍人、當將軍。」

「還好你們只有政府軍，如果埃及也有其他武裝勢力，一定演變成內戰！」我慶幸地說。

「兄弟會當然要反抗。他們把關在牢裡的恐怖份子放出，送他們去西奈武裝受訓，還唆使迦薩的哈瑪斯向以色列投擲火箭彈，以便向世界顯示，只有穆爾西才能調停以色列和哈瑪斯的糾紛。他們攻擊警察局，燒毀教堂，甚至宣告，大天使加百列向他們顯靈，只有還原穆爾西的總統職位，混亂才能停止。還有，他們透過兄弟會在國外的聯結，打算引進外國的干預。」

「那當然不行，否則就要像現在的敘利亞，亂七八糟，沒完沒了！只是，每個大動作總免不了要流血、要人命。二〇一三年六月三十日的第二波革命也不例外。現在的西西雖然辭了軍方職務才參選總統，西方卻仍以懷疑的眼光看他。」

「我可以理解，但是不同意。發達國家是文人政府，這個特質並不適用目前的埃及。我們是剛結束獨裁的國家，內部有兄弟會、沙拉非等比較保守激進的組織，外部有恐怖份子的威脅，如果沒有穩定的框架支撐而變成另一個敘利亞，就難以收拾了。這種局面，不是妳願意看到的吧？」

「不要說這種不吉利的話！我知道，動亂時，到底是人民請出軍方，還是軍方主動干政，有不同的謠傳。西方只要看到軍人出現在大街上，就嚇得說三道四，以他們的標準評斷埃及。特別是西西政權，一次同時宣判兄弟會幾百個成員死刑，全世界罵翻了！」

「宣判後是否真的執行，是否改判，是否減刑，這些都必須持續追蹤。妳知道許多媒體彼此抄襲吧？」

「當然。不只抄襲，許多消息還是埃及人自己在還沒求證之前就已經散播出去。那麼多的部落格寫手，只憑個人經驗，隨便一人一句，就可以抹黑政府的形象。不單是你的國家，任何政府都沒有能力每天澄清這些不經過查證的網路消息。某些事情，以前是『出賣』，現在叫『言論自由』。而這類的『自由』透過社交媒體，越傳離事實越遠。而且，這種情況就像剛剛吃飯時提到的，必定有其他發達國家的非政府組織成員參與。對吧？」

「同意妳！」

「好了，話再轉回來。埃及目前的狀況，也許可以參考中華民國剛成立時的做法。」

「一百年前的事？」M顯得有些驚訝。

「孫逸仙，你知道吧？」

「嗯，說說看。」

「他的建國大綱裡提到，從君主過渡到民主需要三個階段，也就是軍政、訓政、憲政。每一階段大約需要一個世代的時間。埃及目前正在第一階段，有內憂有外患，西西的工作不簡單！第二階段要教育民眾，什麼是民主……」

「對，妳說得真對！」M 等不及地說，「現在的開羅，幾個人在一起就成立一個政黨。人人都會講一大套的『建國大綱』，卻沒人下鄉去。」

「清談？」

「沒錯，就清談！這些所謂的自由派、民主派，誰也不讓誰，誰也不聽誰，力量當然就分散掉了。」

「可惜呀可惜。」我感嘆。

「光可惜也還沒觸到問題的邊。妳相不相信，現在埃及鄉下還有人知法犯法地對女孩行割禮，對她們的生殖器下手，而這些自由派根本懶得下鄉去面對，去處理。」

M 的聲音明顯提高了些。他在黑暗裡生氣。

「我還知道伊斯蘭保守派在鄉下動員人情選舉國會議員。」

「埃及在妳面前真是無法遁形，擦再多粉也遮不了醜了。好，我會讀讀中華民國的建國史。」

「還有強那森。」

「強那森？那是誰？」

「就是《天地一沙鷗》裡的那隻笨鳥。牠特立獨行，超越海鷗所能到達的高度，卻又願意回頭教其他海鷗們怎麼超越……」

我不自覺地抬頭仰望。漆黑的開羅天空當然沒有我從小就喜歡的強那森，而最美的星星也只有在約旦佩特拉的夜空中才看得到。我全身疲累，腦子卻是異常清醒。少下來的車輛把夜妝點得更加深沉。我雙腳走得極慢，思緒仍然不斷奔騰。中國革命是推翻腐敗帝制，埃及的，或更好說，阿拉伯的革命除了推翻腐敗之外，卻仍受制於宗教。中國不需要有政教分離的艱苦歷程，阿拉

伯國家卻必須先做到政教分離才能大步前進。沒有政教分離，也就是沒有政治社會的全方位改革，一切都免談。孫逸仙的革命有建國方略、三民主義做為發展的方向，阿拉伯革命是突發的、草根的，推翻舊政權之後沒有清楚的領導人。中國革命之後的軍閥割據、對日抗戰，正如同埃及、突尼西亞甚至是敘利亞目前必須面對的激進伊斯蘭所引發的大紊亂。埃及的種種比起當年辛亥革命後的中國複雜太多，總統西西清剿穆斯林兄弟會，「白色恐怖」手法正是雷厲風行。這個國家還要多少年的時間才能脫胎換骨？埃及的一切，我還必須等待。

「就連風都要成為一只小車／讓蝴蝶們拉著／我記得瘋狂／第一次倚靠在心靈的枕上／……」　「愛情與夢想是一對括弧／在它們之間我放下我的身體／並且發現了世界／許多次／我看到風以兩隻草腳飛著／那路以空氣做的腳跳舞……」

「我仍然跟著那孩兒／他還在我裡面走著／現在他站在光做的階梯上／尋找可以休息的角落／再次讀著夜的容顏……」

我不過一時興起，開了個頭，沒料到 M 竟然接得順暢。阿度尼斯（Adunis）是敘利亞大詩人，阿拉伯文學界繞不過他。M和我各自提著一大瓶水，在吹著小風的開羅夜街上，慢慢咀嚼阿度尼斯的「慶祝童年」……

　　　　＊　　　＊　　　＊

「穆沙，穆沙，你瘋了！怎麼把兩個後照鏡都向裡折了！」

一早上車我還矇矓，突然看到車外兩個不正常的鏡子，坐在穆沙身旁的我嚇得大叫。他卻幽幽慢慢地說：

「我從來就不需要那兩個鏡子。看了，怎麼開車？折起來，才不會碰到旁邊的車，懂吧。」

這是什麼歪理！原來穆沙只使用駕駛盤右上方的鏡子，而且還必須不時扶正，因為那鏡子太鬆，老是斜一邊。

如果德國開發得已經相當成功的自動駕駛車能在開羅街上做實驗，必定有不同的發現和收穫。這是我坐在穆沙車上的心得。自動車可在某一距離內感應周邊狀況，並且在駕駛人發覺之前就已經避開衝撞或磨擦。在開羅駕車，周邊永遠有狀況，只是自動車恐怕感應不到，因為車輛之間的距離太近而不會在感應作用範圍內吧。

「只有百分之十四的開羅人口開車就已經這麼擠！」我絕望地說。

「這城市還在發展，情形會越來越糟。以前和朋友們聚會，多繞幾圈就可以找到停車位，現在，沒辦法了。開羅已經是個不能整頓的城市。」

「所以你們的新總統西西才要開發一個全新的首都？」

穆沙沒答話。他正專心開車。穆沙的 Volvo 不怕撞不怕刮，二十五歲的年紀，除了仍然跑得好之外，其他的，唉，真是令人沮喪。有次他停下加油，順便一手拿一杯咖啡地走回來，並且示意我打開座位前的小置物箱。我手一扭，蓋子開了。蓋子內部有兩個可以放杯的圓凹，蓋子外部的凸蓋卻咔一聲，掉了下來。

「是聯合大公國出資，我們自己不給錢……」

穆沙突然出聲了，那是因為他已經擠出了車叢，輕鬆了些。

「前陣子西西在沙姆舍克（Sharm el Sheikh）的五星飯店開了個招商會。結果呢？」我好奇地問。

「我們這些小老百姓怎麼知道？說是埃及自己不出錢，真是天曉得。有人算了算，等到大公國開發好了，以貴上幾倍的價錢回賣給埃及的企業，埃及接不接受？這不就成了我們提供土地給外人，讓外人賺，垃圾和汙染卻留在埃及，根本不划算。」

「這些都必須事先協商，簽合同之前都必須考慮好。」

說完，我自覺講了廢話。

記得那天要去阿拉伯世界最大的精神疾病與戒毒療養院時，經過「新開羅」，再過去才是埃及的世紀大工程。新首都的預定地距離開羅以東四十五公里的大漠上，將開發出七百平方公里的土地，打算以二十五個區容納五百萬人，有個比紐約中央公園大兩倍的綠地，一個科技園區，六百多家醫院診所，兩千多所學校，一千多座清真寺，一個比迪斯奈大四倍的主題遊樂園……。而我們所經過的「新開羅」是硬在一片無際的黃白沙土上，從空無裡變幻出來的新城市。路開出了，鋪上柏油，房子蓋起來了，通上水電。一幢幢簇新的豪華西式建築矗立在平整道路兩旁。蓋了一半的，很多；才剛開始挖地基的，也不少。綿延數十公里，左穿右轉，全是建築工地。放眼遠眺，是一處處堆得小山高的白沙與大件機具工車。挖土機、運沙大卡車、水泥攪拌機……散落在工地四處。想要經驗如何迷失在沙漠中的工地裡，「新開羅」無疑是最好的實驗場。正當我想，誰會有住在沙漠皇宮的意願時，突然路旁駛出一部嶄新的白色跑車；掌方向盤的是個戴大型

墨鏡，頭包白紗巾的女子。我的疑問頓時有了鮮明的答案。

　　「這中間必定有許多利益糾葛。不過，這事也輪不到我操心。對於搬遷首都，有些人興奮，有些人觀望。妳了解這種情形。」

　　我點點頭。

　　「談到做生意，我真是怕。」

　　「為什麼？」

　　……

　　我正等著穆沙接腔，他卻一下子沉靜下來，不急躁了。車子在沙丘陣裡迴旋，四周寂靜得讓人焦慮。過了好一陣子穆沙才又開口。

　　「我講個故事給妳聽？」

　　我點點頭。

　　「我原本唸電腦工程。畢業不久後認識了莫娜。莫娜不是那種第一眼就讓人吃驚的女人，而是越看越美，相處越久越覺得她美。我們戀愛了，那種愛，除了她或我本人，任何人都沒法體會。我們彼此愛得太深了。她簡直是我的靈魂。有好幾次，我們的思想、感覺在同一地點同時發出。比如，我正覺得肚子餓，她會突然提議去吃東西；或者，我想打電話給某一個人，她正巧就要把那人的電話號碼給我等等，太多的巧合，我們自己都不能解釋。我們住在一起六年，同開一家公司，同買一個公寓，分享共用有形無形的一切。有時她開車，有時我做飯。她是我，我是她。我們彼此分不出誰是誰了。可是，可是……」

　　「說下去，我聽著。」

　　我故做鎮定，以平緩的聲調說著。我發覺，穆沙突然不一樣了。我偷偷瞄他。穆沙似乎，他似乎很傷心？他的喉節上上下下移動了幾下。我心裡想，如果穆沙這麼個又粗又大的漢子，開車在迷魂陣般的大街上掉下淚來，我該怎麼辦？

　　「有次她去坦桑尼亞出差，回來後經歷一場大車禍，她就永遠地離開了。」穆沙頓了頓。

　　我停了好陣子，才說：「然後呢？」

　　「然後，我就像換了一個人。我的靈魂跟著莫娜走了。我關掉公司，賣掉公寓。莫娜一走，任何事情都不再有意義。我把所有東西無償出讓。許多人來搬這搬那，我視若無睹，隨便他們做什麼、拿什麼，我完全沒有感覺，就好像和莫娜一起死去一樣。然後我開始恨神！我恨他為什麼給我莫娜又帶走她！我恨他為什麼給我最好的又收回去！我問他為什麼嫉妒我！我和他爭，和他吵。我詛咒他，我要殺了他。我不再承認他。我遠離他。」

　　「再來呢？」

　　「可是我鬥不過他！真的鬥不過他！十年二十年三十年下來，我才知道神對我是多麼重要！」

　　「可是你仍然不碰生意？」

　　「絕對不碰。如果莫娜不是因為生意出差太累，回來後就不會出車禍！」

　　我們來到另一個新市鎮。車外是一連串的喇叭聲，汽油味。行人匆匆，車流如河。車內是穆沙的愛情悲劇，需要沉靜的心去體會與安撫。只是在現實世界裡，體會與安撫竟然是無上的奢侈。

突然一聲穆沙手機上的吵歌，攪混了這個光怪的世界。穆沙說話向來又大聲又急促，我常以為他和人吵架了。在停車場，在飯館裡，他和任何人都有話說。他的交友範圍也確實上自王公貴族，下至販夫走卒。他認識的開羅人一定比市長的還多。

「嘿，妳知道剛剛半島電視台（al Jazeera）的人問了什麼？」

半島？從卡達來的電話？在穆沙開車的時候做訪談？現在我必須轉換情緒了。這是個不掌方向盤的乘客被車流及無秩序嚇得只顧得緊閉眼睛的交通時段啊！這些阿拉伯人確實神奇！我要以小見大、以偏概全嗎？好！從這件事及許多生活上的小細節可以推測出，為什麼阿拉伯國家（當然不只阿拉伯國家）有滿天的謠言和充斥到處的陰謀論，因為他們不夠確切，他們沒有坐下來把一件事情討論透徹的習慣。

「『半島』的記者說了什麼？」

「他問，四個海灣國家，每個國家四百人，每天一千六百人到沙姆舍克，對埃及的觀光好不好啊？夠不夠啊？妳看，這白痴，他不是不知道埃及每年有多少觀光客，就是故意羞辱我們。」

「你怎麼回話？」

「我說，當然歡迎。海灣國家的人來到埃及的沙姆舍克，不但流連忘返，更希望在這裡蓋阿拉伯王宮，常常來渡假。這對他們、對我們都非常好，不是嗎？」

「他會這麼問，是因為俄國客機在西奈掉下來以後，埃及的觀光業受創的關係？」

「對啊。掉飛機不過才一個星期,謠言就已經像蜂群一樣地飛。還有,這傢伙到底要什麼?表示他們有錢?表示他們對埃及的慷慨?」

「我讀過的報導是,機場為了省電,把掃描機關了,所以才沒偵測出帶上飛機的炸彈。」

「什麼?妳說什麼?關掃描機?那一定是穆斯林兄弟會造的謠!一定是他們!只有他們才會說出這麼可笑,這麼惡毒的話!」穆沙斬釘截鐵地說。他氣壞了!

「我不懂,埃及的觀光業垮了,對兄弟會有什麼好處?他們不也是埃及人?」

「這些人有另一套想法。他們認為,把受西方影響的一切去除以後,大家就會回到以前的伊斯蘭世界,方便他們掌控。」

這是穆沙的看法,我不知道真實性如何,可信度多高。只是,像他這麼一個每週至少上一次電視批評時政的人,必定有一定數量的基礎觀眾,因為電視台不可能平白給他時段。

「好了。到了。」

「到了哪裡?」我看看四周。這是類似下交流道之後的公路邊。除了已經有的三部車,穆沙是第四個停在這裡的人。

「搶停。有洞就鑽。下車後走一小段就到。」

我能不聽他的?

「昨晚睡覺前就決定,今天一定要帶妳來這地方。」

「什麼地方?」

「看了就知道,而且妳一定會喜歡。」

穆沙邊走邊抽烟。我跟著他大步快走。取出墨鏡戴上。陽光

刺眼。

「哇，看這些人！」我驚訝地加快腳步走近。那是長長的一列迎親隊伍。幾個年輕女子穿著鮮艷單一色彩的長袍，包黑頭巾，頭上頂著不太大的寬扁圓筒，圓筒上罩著紅絲巾。男人身上的長袍和頭上的圓帽是同色的象牙白。駱駝背上有多彩的織布，牠們馱著一個「轎」，更好說，是個「小房間」，房間裡坐著一個身穿白衣，頭上輕裹著白紗巾的新娘。房間的木牆是伊斯蘭棕黑色典型繁複圖案裝飾。原來我來到了蠟像館，以真人尺寸的蠟像及真實道具呈現埃及舊時生活的各種面向。做陶器的小工廠、市場上賣籃子的人、占卜和刺青的生意、坐在長凳上背頌《古蘭經》的人，更有在公共餐室討論生意的男子及賣唱人……令我不解的是，幾個穿黑袍，頭臉均由黑布罩住的女人，代表哪一時代，什麼地區的衣著？而由木棍支撐，黑布搭罩，低矮得似乎只能讓孩子爬進爬出的小篷子究竟做什麼用？轉身要穆沙解釋，他卻突然不見蹤影。蠟像做得好極了，呈現得也夠清楚，卻是沒有一字一句的說明。正心生納悶，遠遠進來一批小學生。也許這館只給埃及自己人參觀？即便如此，多個說明牌又有多少麻煩呢？

　　　　＊　　　＊　　　＊

「這是解放廣場？」

「當然！」

「你確定？」

「到底妳是開羅人，還是我？」穆沙瞪大眼睛問。

「可是，可是，完全變了樣了。我完全不認得了！」

「革命後整個拆建拓寬，妳當然認不出了。」

　　我站在一家旅館六樓的陽台上下望，原來雜亂無序又有擁擠車輛的圓環區域，現在卻成了寬廣的，環繞一座平台的四線車道。唯一還能認出的是右邊不遠處的國立埃及博物館。數年前，就在我腳下這片土地上，暴發了震驚世界的埃及革命。上百萬人聚集在以廣場為中心的各個街道。人們放下工作，走出家庭，不分穆斯林或科普特，他們討正義、爭自由，向三十年的獨裁大聲說「夠了！」自此，埃及人經歷劇烈翻轉。他們懂得了什麼叫不再害怕。他們讓自己竟然只靠群眾共聚力量，就能憾動原本固若磐石的獨裁政權而驚嚇不已！革命兩年後的第二波爭鬥反抗，聚積的民眾數量更是驚人，他們快速修正自己的選擇，向民選總統穆爾西大聲說「你不配！」現在的埃及終於安靜下來了。政府也明白，違背自由與正義的民意需求，必定導致政權終結。

　　「抱歉，抱歉，來晚了。」

　　走廊上響起一陣清脆的高跟鞋聲。我和穆沙從陽台同時轉身，看到法姿雅正快速走來。她和我親愛地吻頰。幾年不見，她仍是那麼細緻而有風韻。女人喜歡的項鍊、戒指、耳飾、胸針等等，她樣樣不缺，而且成套配對，不但適合她自己，也照顧了和她見面人的感覺。這就是法姿雅聰慧的地方。只是她現在顯得有些疲累，應該是剛下飛機，又要從機場擠車到市中心的關係。

　　「怎麼樣？現在可以鬆口氣了吧？」

　　「唉，怎麼說呢？沒選上，遺憾，選上了，工作正要開始。」

　　「妳戰鬥意志高昂。武器有了，立刻可以上戰場！」

　　「沙姆舍克的情形真是慘！」法姿雅苦笑著說。

我們同時拉開椅子坐下，也各自點了一杯茶。

「俄國把兩萬多個觀光客接回去，英國也警告國民不要到埃及來。餐廳、海灘、市集幾乎空了。這季節是歐洲冷，埃及溫暖的時候⋯⋯」

法姿雅剛當選國會議員就碰上了俄國民航機在西奈半島墜毀事件。她為此特地去了趟事發地。沙姆舍克位於西奈最南端，是世界知名的渡假城。有著北非情調的旅館、美麗的海灘、精緻的食物，多少國家的觀光客去了再去，是埃及國庫一個重要收入來源。革命之後，觀光客卻少了三分之一。北西奈不時有恐怖攻擊，幾個月前西埃及有警察誤殺觀光客事件，現在南西奈又摔飛機，至少三百萬靠觀光業維生的人口正苦撐著家計。

「妳有什麼看法嗎？」

法姿雅啜了口茶，睜著兩隻大眼睛看著我。

「先從觀光客的心理出發。人們有閒有錢了才想到娛樂，而且必須好玩又安全。可是娛樂不是生活必需品，能有最好，沒有了，生活還是繼續下去。如果在娛樂時生命遭到威脅，娛樂就立即失去價值。再從國家的角度出發，除了內戰，任何國家都有保護自己國民的義務，所以每個國家的外交部會告知自己國民其他國家的狀況，讓國民自己決定是否前往。這回普丁派專機接回俄國人當然是特例，也值得同情和了解，畢竟兩百多個無辜的生命在瞬間化為烏有，是任何政府領導人都不能接受的。現在埃及要做的是，一方面加強打擊恐怖份子，我知道，這是另一個大議題；另方面要讓世界了解埃及的實情。這就必須透過定期邀請各國記者和駐埃及大使館人員參加說明會，並讓他們提出建議。我

相信你們已經這麼做了，應該可以更加強。雖然這些都是官方的，而且效果有限。不過，我看到現在埃及有個大好機會！」

「怎麼說？」

看得出來，法姿雅急切地想要知道我這個外人的看法。

「你們應該告訴西方國家，你們和他們同樣受到恐怖攻擊，雙方其實是在同一條船上。還有，由於特殊的歷史背景，埃及是個不東不西，也東也西的國家，在語言上佔有極大優勢，可以將阿拉伯文情報譯成英、法文，然後往地中海北邊送。同樣地，你們也許已經這麼做了，總是還可以更加強。另外，最致命的是，他們認為埃及是軍事獨裁。這一點，你們一定要解釋清楚。」

「我們想要發起一個『敲門運動』，就是組織遊說團到各國去。」

「不就和我的想法一樣嗎？」我興奮地說。「西方國家目前沒有戰爭，有三大點他們必須明白。第一，埃及剛從獨裁過渡到民主。第二，埃及人敬重軍人。第三，埃及正面臨恐怖份子的威脅。除了最後一點，西方國家不會考慮前兩項。你們的『敲門運動』無論如何要強調清楚這三點。更何況，埃及並不是他們所想像的，由軍人執政。讓他們把軍人執政的特徵和定義講明白。剛說的，是對外工作。對內，政府必須和那些有影響力的部落格寫手對話，不把他們看成是敵人。如果他們錯，政府對，他們必須向讀者交代清楚；如果是相反，就要看你們國會議員的工作了。這事當然不容易，可是埃及沒有別的選擇。當然對錯的標準又是個議題。」

「嘿，妳說偏了！不是要談觀光嗎？怎麼變成了情報提供、

部落格寫手了？」

穆沙在一旁提醒我。

「啊，對不起，離題了。我應該轉回來，轉回來。」

法姿雅笑了笑說，「也不一定要觀光業。妳看，我們不也有某些共識嗎？」

「至於觀光業。我的想法是，不要只靠金字塔和古代建築賺錢。埃及有那麼悠長的歷史，隨便撿起一個文物、一小段歷史加以包裝，就很好賣錢。拿克莉歐佩特拉做例子吧。埃及可向全世界宣佈某一年是『克莉歐佩特拉年』，訂出一個主題，比如『如果克莉歐佩特拉生活在二十一世紀，她會選擇什麼樣的鞋子？』，讓你們的年輕人發揮創意，舉辦在這一主題下設計觀光活動的比賽，並且以觀光局的資源讓冠軍的設計活動在全埃及或開羅以外的城市展開。這麼一來，不但鼓勵了年輕人，埃及每年或每幾年都會有觀光的新點子出現……」

我常想，埃及人是否把太多心思放在觀光業上。他們還有石化、製藥、水泥、鋼鐵、農作、紡織等等產業。也許是從事觀光業人口太過集中的緣故吧。在國立電視台 Nile TV 的一個現場播出節目中，兩位女主持人就要我談談對觀光業的建議。在沒有事先讓人準備的情況下，我靈機一動，就以聖家在埃及的生活為例。世人知道耶穌在哪裡出生，在哪裡工作，在哪裡被釘十字架，卻極少人知道，他在襁褓時期和若瑟、瑪利亞逃亡到埃及時，去了哪些地方，度過了什麼樣的生活。訪談時，我當然極小心，不提「以色列」，只以「你們的鄰居國家」代替。在埃及並不缺乏還沒見過猶太人就已經仇恨以色列的人。

埃及已經規劃出的朝聖路線缺乏冒險性，所以顯得單調而死寂。誰願意在酷暑裡去看一座座修葺過或只是部分修葺的小教堂？即使有設備較好的大修院，誰願意一來再來？讓埃及年輕人為自己的以及外來的年輕觀光客設計屬於年輕人的活動，他們也必定有能力構想出如何吸引基督徒甚至非基督徒到一個伊斯蘭國家，感受兩千多年前聖家在當時還不是伊斯蘭的埃及如何生活。

法姿雅正在招商。她希望能讓海灣國家王室的女人到埃及投資化妝品業。這確實是個好點子。以她科普特教徒的身份，做起事情不會像穆斯林女人那般綁手綁腳。可是海灣的女穆斯林呢？也許兩年後我才問，事情進展得如何？

＊　　　＊　　　＊

從大劇院正門出來直走到橋中心不過五分鐘路程。車燈、船燈、路燈，燈燈迷濛。人聲吵雜。和陌生的全家出遊者或手牽手的年輕情侶一起，我站在車輛轟隆的大橋上看著遠處尼羅河上渙散出多彩光芒的觀光船；一艘接著一艘。耍帥、嬉鬧、尖叫，包頭巾的女孩和穿牛仔褲的男孩是這夜的主角。我滿腦子是電影裡那個窮困年輕人對心儀女孩表達愛意的方式。男孩行搶偷竊，住在貧民窟裡，母親肥胖無事，逼自己的女兒為娼。男孩在女孩所住靠海邊公寓外面等候。即便他知道穆斯林女孩不可能私自和男孩約會，他仍舊日夜地等。在行人道上進食，在垃圾桶邊安眠。其他的時間，他只是望著女孩公寓的空洞陽台。等候是他生活的重心。一天，他以搶劫來的錢買了許多煙火到公寓前點燃。巨大的火焰衝上夜空，爆化成美麗無比的煙火。他自己擎著燃燒著的火炬，一面大喊「啊，啊」，一面在空曠的路上繞著圈跑。煙火

是他讚頌女孩美麗的代言，繞圈跑標示他在原地的無盡等待，而「啊，啊」的無言聲，其實是對女孩朝思暮想的呼喚。這是開羅電影節裡，阿爾及利亞一部參賽片子的內容。故事那麼簡單，事件那麼貧乏，效果卻是那麼驚人！戲劇，永遠是人類在困頓時的安慰。

　　夜。氣候多麼乾爽宜人。我獨自走在開羅的大街上，思索著這個有著太多忙於博愛慈善的民間組織的國家，也許忽略了把科學與民主帶入平民鄉間才是真正的迫切。解放廣場中央平台高桿上的埃及國旗飄揚。最新憲法仍以伊斯蘭法做為所有法令的來源基礎，卻也寫明要延續「一月二十五日－六月三十日」革命的精神，也就是要堅守自由，維護人性尊嚴與社會正義。如果伊斯蘭激進派不掌大局，這一精神應該可以長存。二十一世紀第二個十年開啟的阿拉伯之春革命序幕中，由突尼西亞發出第一聲槍響，埃及跟進。到目前為止，這兩個國家似乎是成功的，因為他們的獨裁者願意讓位，因為他們經年累積的大量怨懟得以抒發，因為他們的武裝勢力和人民站在一起；只是，通往民主、正義的道路仍然幽暗崎嶇。

　　櫥窗裡燈光通明。塑膠男模特兒身上的西服筆挺。白襯衫上的領帶卻是左擺右翹，又是捲曲又是蛇行；有粉紅、有鮮紫，也有黑白的斜線條。這就是開羅，有它的嚴肅，也有它的俏皮。我駐足觀看良久，感到趣味無窮，卻不知道，那一刻正是巴黎慘遭恐怖屠殺的時候……

● 作者介紹

　　顏敏如（1958－），臺灣高雄人，畢業於文藻語專英文科、高雄師範學院英語系，現居住在瑞士。她是歐洲華文作家協會會員，多年來筆耕不斷，以獨特的角度觀察阿拉伯世界和研究猶太歷史，作品發表於《新蘇黎世日報》（德文）、《上海書評》、《書城》以及其他臺灣、香港的媒體，其作品囊括小說和散文等多種文體。2009 年成為臺灣首位在瑞士法語區「拉微尼堡」（Le Château de Lavigny）國際作家屋的駐留作家，2021 年擔任文藻外語大學駐校作家。

　　2017 年顏敏如小說《英雄不在家》入選文化部「出版與影視跨產業媒合」推薦書單，同年 8 月《焦慮的開羅》入選文化部「中小學生優良課外讀物推介」書單。2019 年她以玉英、平姑、琴仔三位女性作為主要人物的小說——《我們‧一個女人》獲得第五十屆吳濁流文學獎小說首獎。

　　〈開羅事件〉出自顏敏如 2016 年出版的《焦慮的開羅》一書。顏敏如慣以新聞事件作為小說創作的題材，《焦慮的開羅》即是這類作品。下筆前，除了對相關文本進行蒐羅與分析，她必定深度踏查新聞事件場域。這種嚴謹的實證態度，使其對小說場景、人物、情節之敘述，明顯有別於浮誇不實、嘲諷辛辣、厭世虛無的筆調。《焦慮的開羅》摒棄了西方對埃及社會的刻板觀點，以貼近社會現實的寫實手法，透過第一人稱觀點，淋漓展現穆斯林特有的風土民情。在主題的處理上，該書將 2011 年埃及民主運動的敘事視角，聚焦在中產階級及社會底層小老百姓面對政治變革的焦慮感，藉以呈現埃及社會雖然結束了長達三十年的獨裁政權，但徘徊在伊斯蘭傳統、資本主義、舊政權陰影與民主浪潮之間的現代埃及，仍有許多令人不安，急須關懷的地方。

4 吾土 ／ 洪醒夫

　　等了很久，終於看到那一胖一瘦從遠遠的一排防風林拐過來。馬水生扔掉短得不能再短的煙屁股，站起來，舉起粗大的右手，懶洋洋揮兩下，算是打了招呼。

　　走在前面的，是溪尾寮那個陳水雷，他看起來像一隻肥唧唧的番鴨，走路屁股搖來擺去，身上那堆肉，彷彿要從衣褲裏迸裂出來一般；他邊走邊用原先別在褲帶上的毛巾不停地抹著看來有些浮腫的臉和粗粗短短的脖子。

　　跟在後面的，是細瘦矮小的富貴伯，他是半個駝子，年輕時靠著挑陶甕在各村莊來回叫賣討生活，有一次閃了龍骨，右肩崩下去，從此直不起來，走路斜半邊，還必須彎著腰，兩眼就自然而然的看著地面，因此，有些人在背後喊他「龜仔」。

　　近年來，龜仔專做土地買賣的介紹工作，做得不錯，馬水生賣掉的那些田產，都是他搭的線。這一次，馬水生又要賣地，他給他介紹陳水雷，並約好時間，帶著來看地。

　　這一胖一瘦走到馬水生旁邊，停下來，胖的伸出肥短的手，朝遠處一陣比劃，問：「這一塊和那一塊，還有那邊那一片是不是？」

　　「是。」馬水生特別強調著：「從這邊開始，到那邊第二排防風林為止，總共一甲五分七。」

　　「嗯，嗯，那，我就免去那邊看了，其實，也沒有什麼好看，攏總是貧瘠的沙丘地呀！」肥番鴨一屁股坐在樹根上，沒有忘記擦汗：「天氣這麼熱，走路真艱苦！」

　　馬水生應酬著嘿嘿笑了兩聲，瞇著眼睛抬頭向遠處望去。這時大約早上九點鐘左右，太陽已經很大，夏天的陽光照在青綠的葉片上，散發出一片溫暖柔和的亮麗光芒，一叢叢健康強壯的花生株，排著整齊的隊伍，歡天喜地的蔓延開去。稍遠處，第一排防風林過去的芝蔴田裏，那芝蔴約莫已有四五尺高了，它們頭上開滿了白色的小花，軀幹上結實纍纍，果實的外殼還是青色的，密密麻麻的生在細瘦的莖桿上，馬水生知道，如果距離再拉近一些，那芝蔴桿上就好似井然有序地爬滿了金龜子一般；然而，不管花生或者芝蔴，再過一個月左右，都可以採收了，看樣子，今年的收成會比去年好。

　　以前，這些地方哪有什麼花生芝蔴的，都是合歡林，一大片，大得看不到邊，走進林裏，如果不抬頭看看太陽的位置，根本分不清東西南北。

　　臺灣光復那年，馬水生二十二歲，今年三十八，算算也不過是十五六年，這十五六年變化真大，光復前，連一畦菜圃都沒有，光復後好些年，土地政策一實施，一家人種的那十幾甲地，竟然都變成自己的！真像一場夢，一場想不到的夢；可是……，兩年，只不過短短的兩年，又有這麼大的變化，轉眼間，土地全賣光了，這又像一場夢，想不到的夢！

　　唉，這大概是命！

　　村子裏那些人，連同附近幾個村莊裏的人，沒有一家像我馬家這樣歹運！自古以來因為吃喝嫖賭敗家的有，可是我馬氏一家沒有一個子弟是這樣的，大家都是勤勤懇懇忠厚老實過日子。幾次問過廟裏的保生大帝與五府千歲諸神，都沒有結果，日日夜夜

燒香拜佛，許下千萬個願，阿爸阿母的病仍然沒有起色，花銀票就像撕金紙，十幾甲地都要花光了，父母還是皮包骨活僵屍的父母，這大概是命！

剩下這一甲多地賣了，往後便沒有可賣的了，一家二十幾口的生活……還有，爹娘的病……唉！管不了這許多，一枝草一點露，天無絕人之路，以後的事，以後再說。

所以，地還是要賣的，而且要賣現金，雖然捨不得，還是要賣！……以前賣的地，又有哪一塊是捨得的？……天大地大，阿爸阿母最大，做兒女的，怎麼可以丟下他們？如果丟下他們不管，將來在九泉之下見了面，他們即使不說話，又怎麼有臉去會見祖父祖母列宗列祖？……再說，這些地也是他們帶著一家大小辛辛苦苦開墾出來的，沒有他們，怎麼會有這些地？怎麼會有這些這麼好的土地！

可是，幹！這個陳水雷講話就像放屁噗噗噗，他說這土地貧瘠，又不是沒有長眼睛，怎麼看不見田裏的花生芝麻長得比別人的都好？

雖然如此，嘴上卻不好說些什麼。……地賣多了，再沒有先前那樣容易發脾氣，買地的人總是故意挑剔，以備討價還價時理直氣壯一些。多次的賣地經驗使他世故起來，雖然心中不悅，卻也淺淺笑了一下，笑得很自然。

三年前第一次賣地，一見面，對方說他的地不好，他立即激烈地跟人家吵起來，差一點開打。

如今，畢竟有經驗了，經驗可以使人得到教訓，即使自己非常不喜歡這些經驗。

所以馬水生只能笑笑。他有趣的看著陳水雷。

陳水雷氣喘如牛，擦了半天汗，這才漫不經心的問：「什麼數字？怎麼賣呀？」

馬水生不知道怎麼說才差不多，如果可以不賣，一百萬他都不賣，但是……他猶豫了，他轉過頭看富貴伯，意思是讓他說個數字做參考。因為他不知應該說多少，才不會讓人佔了便宜。

那龜仔馬上咳嗽兩聲，以行家的口吻大聲說：「我講的都是公道話，絕對不會歪哥，富貴伯的名聲你們也不是不知道……，以目前的行情來看，這樣的土地，一甲可以賣十二萬……」

什麼？！

這隻龜仔越老越顛頹，講什麼瘋話！

他急急打斷富貴伯的話，憤憤不平的說：「什麼十二萬？！哈！富貴伯，你內行人怎麼講這種外行話？豈有此理，二十萬還差不多咧！什麼十二萬！你看，我這樣肥的土地種出來的土豆、蔴仔都那麼好！你看，你自己看！別人的土豆是什麼樣？我的又是什麼樣？稍微比較一下，什麼十二萬？……」

「阿娘呀喂！」肥番鴨呱呱叫：「水生兄你嘛不要這樣獅子開大嘴，什麼十二萬二十萬，要驚死人！……啊哈！照我看來，這樣的沙田，能賣八萬你就要笑笑！」

伊娘，這是什麼世界？這是什麼天理？八萬元？！這樣肥的土地一甲八萬元，他也說得出口？不怕下頦落掉？

「喂！水雷兄，咱做人講話攏總要存天理，」他說：「大家攏總有眼睛，好壞大家攏總看得懂，你老兄嘛莫滾笑，莫說那種沒有行情的話，這樣，買賣才好做！」

「是啊，是啊！」陳水雷笑著說：「你自己想看看，這樣的沙田開價二十萬，會驚死人！知道的人，會說你水生兄愛講笑話，不知道的人……」

「我是正經的！」馬水生堅定的說：「左邊那塊地，你看到了，幾日前，金竹賣給過溪村的火財伯，一甲地十八萬，他那種土地能賣十八萬，我的二十萬，又有什麼不對！」

「哎呀，水生兄，你嘛莫這樣講笑。」陳水雷說：「你也知道，金竹與火財伯賭博，賭輸了，沒錢還，拿土地抵賭債，這樣的價錢怎麼可以拿來比較？」

「但是，我的土地是這裏最好的，村內的人都說這是一塊良田，每年的收成都是第一，一甲價值二十萬有什麼不對？」

陳水雷還是笑，不懷好意的笑，一張浮腫的臉笑成圓圓的肉餅。他說：「話若這樣講，我只好說我失禮，二十萬，我買不起，我們大家散散去，你賣給別人好了！」

富貴伯一看氣氛不對，忙打圓場：「莫這樣，莫這樣，大家有話慢慢講！」

馬水生實在不甘心。要不是不得已，狗母生的才賣地哪！這些地可都是一鋤頭一鋤頭開墾出來的，一家大小為開地流下來的汗水，攏總加起來，保證會把這個陳水雷活活淹死，一甲八萬元？幹！這種無天無良的話他也說得出口！

原先四腳仔日本鬼在這裏——離海不遠的沙丘地，種了千千萬萬棵的合歡樹，做為保安林，沒過多久，這些合歡就肆無忌憚的茂盛起來，長得一大片青綠，這邊看過來，那邊看過去，都看不到邊。

　　這些合歡樹禁止砍伐，如果有人去砍，給四腳仔捉到，免不了一頓毒打，有時還會抓去「官廳」關起來，因此，沒有人敢動開墾的腦筋。

　　二十幾年前，當馬水生還是十五六歲的少年時，戰爭打起來了，很多人被四腳仔抓去打仗。他父親馬阿榮身體細瘦，不識字，聽不懂「國語」，四腳仔找去問話，一問三不知，被皮靴踢了幾下，沒有被抓去當兵，留在家鄉當「農務」，給四腳仔種田。

　　戰爭越打越烈，物資缺乏，尤其燃料油更甚。「官廳」下命令，獎勵農民種蓖麻，以補油料之不足，凡種蓖麻有收成的，拿去「官廳」繳納，可以賣錢，但價格極低，蓖麻又輕，不上稱，一大蔴袋也賣不了幾個錢，大家不願意種，可是不種又不行，日本鬼逼急了，他們就去領些種子來，田頭田尾一片亂灑，敷衍了事。

　　那時馬家很窮，沒有自己的土地，阿榮伯時常說，為這一家的長遠發展打算，要想辦法開墾一些土地，有土地才有依靠。……可是，一直找不到機會，附近除了大片保安林之外，沒有荒地，有人也有鋤頭，卻無用武之地。

　　然而，種蓖麻的命令一下，阿榮伯靈活的腦筋轉了幾轉，馬上有了主意，他的主意打在那片廣大無邊的合歡林上面。不幾天，他喜孜孜的去領了好幾袋種子，天沒亮就把一家人叫醒，帶鋤頭與種子，進入保安林中心地帶林深草茂之處，開始動手開墾起來。阿榮伯對一家大小說，樹林中心比較不容易被人發現，要是被四腳仔發現，大家講好了，就說自己沒有地，「上面」又需

要萆蔴，只好開一些地來種，四腳仔大概不會怎樣才對。

　　這是在強權下求生存的主意，也虧阿榮伯想得出來，從此一家大小幾乎不分晝夜都在勤快工作，比較小的孩子，只要拿得動任何挖土的工具，阿榮伯就叫他拿著慢慢挖。在忙完其他田裏的工作以後，哪怕只剩下一點點時間，都不輕易放棄。阿榮伯鼓勵孩子說：多挖掉兩棵合歡，就多一點土地，我們就多一分希望。

　　開墾出來的土地是要種東西的，所以不是把樹砍掉就好，要把樹根也挖掉，合歡樹實在討人厭，有些根是深深的縈進地裏的，挖半天也挖不出來，開墾的那種艱苦，只有有過經驗的人才能體會。

　　挖了兩天，只挖出一點點空地，手都起泡了，鋤頭拿在手裏，熱熱的，麻麻的，一用力，就有一種被撕裂的感覺，實在痛，所以馬水生挖一下停一下，不斷的看自己的手。

　　「伊娘咧！」阿榮伯凶猛地罵：「地不挖，在那裏看手，手有什麼好看！」

　　「起泡了！一雙手都起泡了！活活要痛死！」他委屈地說，眼淚快要掉下來。

　　「起泡有什麼好看！看一看就不痛了是不是？乞食身也想要有皇帝命，一點點艱苦就大驚小叫，叫什麼？活到十五六歲了，還那樣不會想，也不想想我們屁股有幾根毛！幹！敢有時間叫苦？」

　　本來就覺得很受委屈了，現在又受父親一頓斥罵，更恨不得立刻去死。他想，父親簡直不顧他的死活，手都快要擦破了，還罵得那樣嚴重。

不但這樣，阿榮伯還凶巴巴的下命令：

「挖呀！憨憨站在那裏做什麼，還不趕緊挖！」

他不敢反抗，拿著鋤頭，有一下沒一下的挖著，眼淚一顆顆掉下來。

這樣挖了一會兒，阿榮伯走過來，輕輕拍著他的肩膀，小聲的，十分疼惜的說：「不要哭了！我知道很痛，但是我們要忍耐，你想想看，我們就要有自己的土地了！」

他沒有講話，也沒有抬頭，卻希希索索哭出聲音來。

阿榮伯嘆了一口氣，又輕輕在他肩上拍了兩下，慢慢把雙手伸到他的眼前，不急不緩的說：

「你看阿爸的手！」

一看到那雙手，馬水生的臉色立刻變了。

都是血！

一雙手都是血跡。有的血已經乾了，變成黯紅色，有的卻還是鮮鮮豔豔的紅！

他一時目瞪口呆，吃驚得說不出話來。看看父親的鋤頭，握過的地方血印斑斑，又看看自己肩上父親拍過的地方，也留有一些血漬，轉頭去看母親，沒想到母親也對他伸出一雙血手。

阿爸阿母這一輩子都在種田，手掌早已磨得又粗又厚，現在居然磨破了厚皮，磨出一手鮮血，可以想像他們真是拚了命！……痛，人是肉做的，當然會痛，然而他們並沒有我這樣愁眉苦臉的表情，反而有一種平和的堅定的淡淡的喜悅之色……

一種從未有過的激動，一種從未遭遇過的強有力的震撼，使他發現自己已經是一個男子漢了，他咬緊牙關，用手臂把眼淚抹

掉，深深地挖了下去！

挖呀挖，把水泡挖破了，挖出血來，把血挖乾了，挖成了繭，然後繭越挖越厚！

每次收工，父親總會在已經暗下來的天色下，在挖過的空地上，跨開大步，一、二、三、四、五……一路數下去，有時會激動地說：「我們終於有自己的土地了！」

「不要含眠！」母親罵他說夢話：「這土地是『官廳』的，四腳仔管，我們又沒有所有權，講什麼瘋話！」

「哈！查某人不識世事，妳知道什麼？」父親說：「有一天，四腳仔會被趕走，那時……」

那時是那時，這時是這時——

這時，陳水雷說這樣的土地一甲能賣八萬就要笑笑，伊娘咧，實在無天良！

馬水生蹲下去，小心翼翼撥開腳前一叢花生的枝葉，拔掉一棵雜草，那樣子，就好像他平日給狗抓蚤子一樣；看那花生長得實在健壯美麗，心裏便禁不住一陣陣割腸剖肚似的疼痛起來。

富貴伯說：「大家莫這樣，水生你再減一點，水雷你再加添一點，買賣就做得成了！」

馬水生說：「好吧，既然這樣，那就……十六萬就好！」

前幾天陳醫師習慣性地皺著眉頭對他說：「水生兄，你知道，嗎啡這個東西不容易拿到，都是現金交易……。」

「哦，我知道，我知道……如今攏總欠你多少？」

醫生翻翻他的帳冊，說：「三萬六千多。」

「這麼多！？」他微微吃了一驚，馬上堅定的說：「你放

心，我絕對不會倒掉！……這幾日，我已經叫龜仔去奔走了，要賣土地，土地賣掉，一定跟你算清楚，一角五釐攏總會跟你算清楚！」

「呵呵呵，你莫這樣說，你們兄弟的孝心，大家都稱讚，我也真正欽佩……我不敢向你討錢，實在是……實在是，我最近手頭不方便，沒有現金可以去拿藥，所以……所以……若不是這樣，你就是十萬八萬也沒有關係！」

田莊人拚死命的節儉，因為一角五釐都得來不易，所以看錢比天大，除了花在神明與朋友身上，其他的地方一概能省則省，對自己尤其苛刻；自己的身體有了病痛，都捨不得花錢看醫生，認為一點點病痛礙不了什麼事，用不著花錢，頂多在家裏藥商寄存的成藥包裹，拿點藥吃吃就算了。——咳嗽，自然吃治咳嗽的藥，頭痛，自然吃治頭痛的藥，所以，急性腸炎很可能吃胃散，腦裡長瘤很可能吃感冒藥或是鎮痛劑，病體嚴重起來，第一個反應是求神問卜，連神明都無法解決的，才送給醫師，不管是急性的或是慢性的要命的病，送到醫師那裏，十之八九都壞了，大都已到羣醫束手回天乏術的地步了。

馬水生的父母便是這樣，先是咳嗽，沒有管它，越咳越屬害，吃成藥包裹治咳嗽的藥，沒有效，咳出了血，人一天天消瘦下去，還是草藥或是加重份量的成藥，胡吃一通，最後瘦成了皮包骨，面色黃，眼圈黑，兩眼深陷，就保生大帝五府千歲的求，自己村裏的神無法使病人康復，求別村莊的神，求更遠的，口碑最好最靈驗的神，還是沒有辦法，只好送進醫院，一檢查：肺結核！並且已經到了讓醫師搖頭的地步了！

這個病會傳染，兩個老的幾十年住一起，不知是誰傳給誰的？唉！反正情況已經大壞，誰傳給誰都一樣了。

沒有特效藥。醫生說：必須趕緊隔離，送到療養院去長期療養。

去了十天半個月，一點起色都沒有，兩個老的沒有知識，不曉得這個病的嚴重性，都認為醫師騙他們，設好圈套故作驚人之語，要騙他們的錢。而且，院裏就只有病房、庭園、花草樹木等等，閒閒的，不知做些什麼才好，從來沒有閒過的人，一旦閒下來，會惶恐起來，不知怎麼過日子，看不到自己的兒子孫子，雞鴨豬狗，看不到田地農作物，一天到晚盡是牽掛，兒子來了，吵著要回去，醫生不讓回去，用三字經罵人家，罵人家騙他的錢會絕子絕孫！

硬是回到家，請了陳醫師看，醫師看了直搖頭，給兩人各打一針，一言不發，走了。

針打下去不久，兩個老的臉色逐漸紅潤起來，精神來了，跳下床，歡天喜地屋前屋後看牛羊雞鴨豬狗，看孫子們扭成一團玩得高興，他們笑起來，隨手摸摸孫子們的頭，還去田頭田尾走一遭，笑呵呵跟村人打招呼談天說笑，像一對神仙。

回來吩咐兒子，明日再要陳醫師打針。

打了兩天針，陳醫師對馬水生兄弟說了實話，說這個病好不了，尤其碰到兩老這種自幼操勞，經歷許多磨鍊，生命力特強的人，要結束生命也不容易！醫師告訴他們說，他打的是嗎啡針，並詳細說明嗎啡的性質、功用、價錢、以及可能產生的後果。

聽得他們兄弟個個臉色慘白。

　　氣氛自然沉悶，兄弟們只是搖頭嘆氣，一個接著一個，一聲接著一聲，大家都不知道應該說些什麼才好。病無法治好，人也不會在短期間內死去……，老人家又固執得不近情理，不肯去住療養院，這怎麼辦？打嗎……嗎啡針基本上是吃毒藥，它能提神，止咳，卻與治病無關，不但無關，還會要命！還會傾家蕩產……如果不打針，兩個老的只能奄奄一息的躺在那裏，被痛苦煎熬，煎熬……至死方休……為人子者，忍見父母這樣拖命嗎？……唉！

　　兄弟們的臉，被愁雲慘霧籠罩著，像罩上一層沙灰，黯淡，了無生氣。大家頹喪的坐在那裏。沒有人說話。沉默良久。馬水生終於開口了。

　　他說：「阿爸阿母歹命一世人，沒有一天好日子過，我們做人子女，怎麼可以眼睜睜看他們痛苦地拖命？錢財總是身外之物，生不帶來死不帶去，開！這樣的錢應該開！只要能讓阿爸阿母歡喜再活一兩年，就是會破產，也要笑笑！」

　　兄弟們立刻激烈地表示贊成。他們每個人幾乎每一天都看到他們父母的不忍卒睹的枯槁形貌，也看到驚心動魄的咯血場面，印象不僅清晰深刻，還時時盤繞在腦海之中，揮之不去。只恨此身無能，不能替代父母，亦不能使父母免於痛苦的煎熬……錢？錢算是什麼東西！

　　陳醫師說：「你們要想清楚，一兩年以後，就是破產了，問題還是沒有解決掉！」

　　「那時再作打算！」馬家一個兄弟說：「時到時當，無米煮蕃薯塊湯！」

醫師搖頭，長長嘆一口氣，走了。

就這樣打了兩年針，十幾甲地都快打完了，今天這一甲多再賣掉，便沒有可賣的了！

唉！這大概是命！——馬水生時常這樣跟自己解釋。

他站起來，把斗笠戴到頭上去，隔一會又摘下來，拿在手裏當扇子搧，搧兩下，又戴上去。陳水雷已經把他的煩躁誇張地表現出來了，只有富貴伯還是呵呵呵地笑，口沫橫飛，有時看他笑得起勁，也免不了要跟著咧咧嘴。

終於，陳水雷伸出他那肥短的手來，斬釘截鐵地說：「就這樣決定，一甲十二萬，現金，先付訂金兩萬，其餘的手續辦好時一次付清。明早八點，我在你們村裏的店仔頭等你，兩萬訂金我會帶去，你回去跟你兄弟商量一下，明天回我的消息！」

馬水生說好，伸手去握那隻手，只碰觸了一下，對方就把手抽開了，在極短暫的接觸裏，他感覺到，也許是流了手汗，對方那隻手，是溼黏冰冷的！

這一胖一瘦轉身就走，他失神地看著他們的背影，一直到他們消失在防風林裏，才收回視線。

悵悵然的站了一會兒，無端感到疲累起來，這才想到昨晚一夜沒睡好，整個人便癱下去，萎坐在沙地上，衣袋裏摸出煙來，點上火。

昨天夜裏整夜翻來覆去，一直在將睡未睡的境界裏，朦朧中，有一片漫無邊際的合歡林一再出現，他拿著鋤頭拚命地挖，挖，挖掉一棵，馬上又長出一棵來，太陽又大，沙又滾燙，又饑又渴，嘴唇乾裂，渾身無力，卻仍然在那裏挖，挖，挖

……。

雞啼時翻身下床，意外地感到筋骨痠痛，疲憊異常，拿著餵豬用的杓子，手竟乏力得有些顫抖的模樣！

地賣光了以後，一家大小二十幾張嘴，吃的大概還不成問題，靠七八個大人做粗工，雖然吃得不好，不過，一枝草一點露，日子還是可以過！

最令人放心不下的，還是兩個老人家的問題。兩年前，剛剛開始時，一天打一次針，現在一天要打兩次到三次了，每一次的份量都比以前多……到哪裏去弄錢？

弄不到也要弄，阿爸阿母歹命一世人……以前的人。——做戲的人有在說——把兒子埋掉，專心孝順父母，以免兒子吃掉父母的食物，我們現在人當然不可以殺兒子，卻也絕對不可放下父母不管！要做工，一家人都要拚命去做工……。

太陽漸漸大起來，樹影漸漸縮短，他移動了一下位置，把身體靠在樹幹上，兩腿伸直併攏，裸露在短褲外邊的腿肉，便自然的接觸到涼爽的細沙，頓時有一股真實的溫馨的、彷彿久遊異鄉的浪子乍見親人的感受，襲上心頭，蘊存在心裏的豐盛感情便蠢蠢然沸動起來。他用左手拿煙，騰出右手，有一下沒一下的把細沙撥上來，蓋在雙腳上，越蓋越多，越覺得舒暢，索性扔掉煙，雙手勤快地撥動著，不一會兒，兩隻腳都埋在細沙裏了，那種感覺竟如此熟悉而美好，涼涼的，清清爽爽的，連空氣都異樣的清新起來，使人泫然欲淚。多少年沒有這樣玩過沙子了？二十年？二十五年？還是三十年？……記不清了，小孩子時候常常這樣玩，長大了便只是在田裏工作，沒有那個閒情，然而，縱使事隔

多年，那個美好的感覺還是清楚熟悉的……。

好一塊美好的土地哪！

阿爸為它付出龐大的代價，我們兄弟也是。土地是我們的，我們開墾的，要愛護它，要照顧它，不要怕艱苦！——阿爸身體健康時，時常這樣說。但是，我把它賣了，賣了，十幾甲都賣了！

那時候，這裏那裏都是一片翠綠無邊的合歡林，我們開墾它。阿爸對它充滿信心，他說：有一天，四腳仔會被趕走……。

然而，四腳仔並沒有馬上被趕走，反而發現他們「違法」開墾的事。

有一天，一個矮胖的日本警察突然出現在他們眼前，雖則事前曾設想過應付的辦法，然而大家還是怕得要死，那時誰看到日本仔，都會像看到鬼一樣的面無血色。那日本警察凶暴異常的大聲吼叫，嘰哩哇啦一大堆，除了那句不斷出現的「巴格野魯」之外，馬水生一句也聽不懂。只見阿榮伯不斷地點頭鞠躬，嗨嗨嗨，嗨個不停。他手裏提一袋蓖蔴種子，還捧出一捧給四腳仔看，跟他比手劃腳，如此折騰半天，四腳仔才「嗯」了一聲，緊接著更是聲色俱屬的嘰哩哇啦好幾句，終於，補上那句他們似乎永遠都不會忘了說的「巴格野魯」，走了。

等四腳仔的背影沒入那一大片合歡林中看不見時，阿榮伯才呸了一口，用不大不小的聲音罵：「八個野鹿，四腳仔！」

「四腳仔講什麼？」阿榮伯的女人很緊張地問。

「我怎麼知道？他像瘋狗一樣汪汪汪，汪半天，伊娘咧，那種蕃仔話哩哩嚕嚕，誰知道他在講什麼，幹！鬼幹到也不是那樣

汪汪叫！」

日本話是聽不懂，不過看四腳仔講話那個樣子，又不斷的「八個野鹿」，意思自然不難明白。

所以，阿榮伯說：「這裏不能再挖了，我們要換個地方，不要讓四腳仔再找到我們！」

於是把開墾出來的土地先種上蕃藷，再胡亂灑些蓖麻種子，然後轉移陣地，離開幾百公尺，又挖起來。種蕃藷是眞，種蓖麻是瞞天過海，卑屈的求生存的辦法。以後每塊土地都是這樣，挖挖挖，一兩分地三分地不等，就又換個地方挖。

沒挖多久，出事了！

出事的地點，就是現在種芝蔴的地方。

那天除了先前來過的那個矮胖的以外，還帶一個比較年輕高大的，一進來，什麼都沒說，劈哩啪啦，拳打腳踢，一家大小都挨了打，連那時只有四歲的最小的弟弟都挨了一腳，小娃娃挨那一腳顯然不輕，卻沒有哭，傻傻的坐在樹下，瞪大了驚慌的眼睛，等四腳仔走了以後，才哇的一聲哭出來，一哭就是半天。

阿榮伯被打得最重，吐血兩次。沒有人敢還手，只是抱著頭在地上打滾。阿榮伯吐血以後，雙膝落地，跪在那裏，口口聲聲哀求著：「大人啊，大人……。」

人跪著，還不停的叩頭。對方直挺挺的站在那裏，雙手抱胸，嘿嘿嘿得意的笑著。他們的皮靴在陽光下閃閃發光。此時跌坐在地上的十六歲的馬水生，目不轉睛的看著他們，他偷偷的握緊拳頭，越握越緊，把拳頭按在沙上，終於深深地陷入沙裏。他早已忘了被踢被打的疼痛，心裏唯有悲憤，卻只能咬牙。

四腳仔並不罷休，又對阿榮伯補了幾腳，那個高大的突然用臺灣話大聲吼叫：

「七月半鴨仔，不知死活，叫你不可偷掘地，你偏偏偷掘，今日只是小小教示一下，下次再讓我看到，就活活把你打死，不信你給我試看看！」

大家都感到意外，臺灣話那樣標準，不知道他是日本人還是臺灣人？

那兩隻狗走了以後，阿榮伯掙扎著自己站起來，用手背恨恨地抹去嘴角的血漬，悲憤地罵：「伊娘咧，我們自己的土地，我們自己為什麼不能開墾！伊娘咧，總有一日，不信你試看看，總有一日，你們這些四腳仔，幹！攏總要跳海！」

馬水生從未看過父親有那樣凌厲、凶猛、激動的劍一樣的目光，他站著，怒睜著雙眼，手指指到馬水生的鼻子上：「你們千萬要給我記住！今日的事，你們都看到了，你們不可以忘記！我，你們的阿爸，今日，伊娘咧，向四腳仔下跪！你們，大大小小給我記住，男子漢，一跪天地，二跪神明，三跪父母，其他的，打死了也沒有下跪的道理！你們的阿爸我，今天為了一家大小的生命為了我們的土地，向四腳仔下跪，你們不可忘記，什麼人忘記了，將來落了地獄以後，我還要找他算帳……。」

說到後來，他竟然泣不成聲！

這樣的事情怎麼忘得了？

問他痛不痛，身體要不要緊，他凶巴巴地說：「這一點點皮肉之痛，有什麼好操煩！」

然而，看他走路，卻是踉蹌得厲害！

這樣的事情怎麼忘得了？就在那塊芝蔴田裏，好像還是昨天的事！

然而，這塊地竟然要賣掉了！

馬水生的心，一下下的往下沉！

他把雙腳從細沙裏抽出來，站起來，眼睛望向芝蔴田裏，那芝蔴長得真是漂亮，骨幹健壯，又結實纍纍，今年的收成一定會比去年好。他看著看著，眼睛逐漸有些模糊起來，也不去擦拭，戴上斗笠，沿著防風林，一路走回家。

回到家，已是近午時分，他走得口乾舌燥，一身是汗，門前大榕樹下抓起鋁製圓胖肚子的大茶壺，嘴對壺嘴，咕嚕咕嚕灌一肚子水，放下茶壺，摘下斗笠，一路搧著，一路走向他父母的房裏。

一進門，看到兩個老人家斜倚在木牀的牀欄上，半閉著眼睛養神，他躡手躡腳走過去，想把牀邊的痰盂拿去清潔一下，彎身拿起痰盂時，卻看到兩個老人家各睜著一雙無神的眼睛看著他。

兩個人有著極其相同的樣相，身上的肉都不知消失到哪裏去了，一張蠟黃的、長著許多黑白老人斑的、滿是皺褶的臉皮，不很勻稱地包著凹凸分明的骨頭，像包裝紙沒拉緊一般，顯出十分的鬆軟來。眼睛深深地陷在眼窟裏，兩個鼻孔黑洞洞的，意外顯得大而朝天，張開嘴巴時，牙齒浮出，露出黯紫色牙齦，頭髮、鬍鬚未加整理，乍見之下，確是觸目驚心哪！

馬水生是習慣了，心裏沒有什麼特別的感覺，醫生再三吩咐，說這個病會傳染，盡量少接觸病人為妙；於是他自告奮勇，員擔起照顧病人的大部分工作，其他人只是晨昏定省，或是偶爾

進來探視一下。

馬水生輕輕地把痰盂放下，伸右手撫摸他母親的臉頰，笑著問：「今天有卡好無？醫生來注射過了嗎？」

「剛剛注過。」他母親說，唇邊有一絲似有似無的笑意。她伸出枯柴般的手握住她兒子的手背，那隻手正輕輕撫觸著她的臉。

「這麼瘦！」兒子說：「今天我吩咐他們去買一尾虱目魚回來煮麵線，虱目魚剛出來不久，聽說滋補。」

「有什麼用！」阿榮伯說：「吃了那麼久，吃過那麼多好東西，還不是這樣，你看，像殭屍一般，敢有一點人樣？這是病，吃熊掌燕窩也如此如此，叫你們不要多開錢買那麼貴的東西，仙講都講不聽！」

歇一會兒，嘆一口大氣，有氣無力對他老伴說：「水生他娘，我看我們這個病是無望了，這樣久了，還是如此！如今一日注射三四遍，身軀上這裏那裏攏總是針孔，注到一身麻麻，也沒聽醫生說怎樣，伊娘咧，三不五時還會頻頻顫，大粒汗小粒汗拚命流，幹！前生作孽，這世人才會拖累子孫到這般！」

「就是啊！」他母親說：「很奇怪，剛注下去不久，就很爽快，好像沒什麼病痛一樣，但是，藥力若退去，哎喲，實在比死卡艱苦！」

又來了，每次談談談，都會談到這個上面，馬水生總要千辛萬苦把話引開，但兩個老的還是將信將疑，有一次，他父親竟然說：「以前聽人說過，說以前的人吃鴉片菸就是這樣！」

做兒孫的全聽馬水生指使，遇到這樣的話題，一律把責任推

給陳醫師，每個人都告訴老人家，醫生說的，這個病就是這樣，有時會頻頻顫，但不久就會好的！

馬水生說：「不久就會好的！」

「你一日到晚攏總這樣講，我們又不是三歲囝仔！」他父親表情複雜的笑著說：「兩年前這樣，一年前還是這樣，但是你，攏總這樣講！」

「實在是這樣嘛！醫生這樣講，保生大帝五府千歲諸神攏總是這樣講，醫生是人，你可以不相信他曾經講這樣，保生大帝五府千歲是神，神明面前，我不敢對你白賊！」

馬水生說得一本正經，老人家嘆口氣，便禁聲了。

神明有靈，應該不會責備我——馬水生每一次都這樣想——我是不得已的，神明應該知道，我馬氏一家大小無人做過壞德性的事情，每天早晚都恭恭敬敬的燒香，眾神啊，祢要保庇啊！

他退兩步離開牀邊，在室內唯一的一條長板凳上坐下來。為著避開父母的眼神，便裝著上下左右前後到處看著，裝著在室內找尋什麼的樣子。

這房子是土牆砌成的，為了供老人家養病，特別整修了一次，屋頂用幾根木柱子橫的豎的搭成了架子，上面蓋上灰黑的瓦片，窗子又特地開大一點，便成了冬暖夏涼的土屋形式；房後邊有一棵老榕樹，綠樹濃蔭，有些枝葉延伸過來，在屋頂形成一小部分的天然棚架，棚架下的瓦片便時時積上一點鳥糞蟲屎樹籽落葉，夏天裏特別涼爽。

房裏一張有牀欄的大木牀，一櫥一桌，都是十幾二十年的舊貨，只有一張結實笨重的長板凳，是新近添置的，那板凳粗工粗

料，卻是耐用；除了這些簡單的傢俱之外，便只有一些諸如痰盂之類的小東西了，因此，房中央還有一片鋪上水泥的地面，進出，活動，都很便利；然而有時卻嫌寬大，尤其是室內人少又不知說些什麼才好的時候，這種情形時常碰到，尤其最近這一段日子。

馬水生此刻便有這種感覺，空空的，總覺得欠缺什麼，也許欠缺的是物品，也許不是。

「你在找什麼？」他母親問。

「沒有，沒有什麼！」馬水生說：「我是在想，這房子會不會熱，要不要買電扇。」

「你講過好幾次了，每次都告訴你說不必，為什麼你要時常提起？」

「哦！」馬水生說：「我怕你們熱。」

然後就沒有下文了。

這樣的對話的確時常出現，重複過多，對彼此都沒有意義，馬水生不知是沒有察覺，還是怎麼的，時常搬出來，尤其是無話可說的時候。

悶坐了一會兒，他聽到母親問：

「你今早去了哪裏？」

「保安林那邊的土豆園。」他說。

「哪一邊？草湖埔還是沙崙頂？」

「攏總不是，我去牛屎埔。」

「哦！牛屎埔！我們剛剛去過……幾日了？六日，對！六日前我們去過！」他父親興奮的說：「真好，土豆和芝蔴都照顧得

真好，牛屎埔會豐收！」

「是啊！是啊！」他母親被這一份即將豐收的愉悅感染了，笑起來，說：「假使草湖埔，沙崙頂也這樣，那不知要多好！水生仔，那邊的情形怎樣？」

那邊早就賣掉了，草湖埔八甲多地都種西瓜，遠遠看去，西瓜一粒一粒圓圓，就像撒了一地大玻璃珠一般，種西瓜的天賜仔笑得嘴都歪一邊，伊娘，現在正是收成時，一卡車一卡車嘟嘟嘟運搬去，賺錢像舀水一樣，難怪天賜仔在西瓜園邊設一張桌子一把刀，要吃西瓜自己剖，吃到飽吃免錢，村裏的人都說他慷慨，幹！我馬水生若賺那麼多錢，我也會那樣慷慨！有一日從西瓜園走過，給天賜仔看到，咚咚咚跑來拉人，水生兄水生兄吃西瓜，伊娘，咱不吃，他硬硬揀一粒大的破開，剖一片要你吃，西瓜實在好吃，甜，水份多，又沙沙，吃吃吃，西瓜好像哽在喉頭，吞不下去。這種土地那時一甲八萬元賣給天賜，伊娘，只有兩年，天賜仔恐怕連本都賺回來了。

馬水生想起這些，時常都會激動不已。沙崙頂三甲多地賣給呂天生，呂天生種芝麻，去年收成時，用三輛牛車來回載兩三趟，牛車上一蔴袋一蔴袋疊得天那麼高，都是去殼以後乾淨的黑芝麻。

馬水生抑制心中翻滾的激動之情，若無其事的對他母親說：「草湖埔的情形還要比牛屎埔好，不管是土豆、芝麻、甘藷，攏總真漂亮，沙崙頂稍微差一點，不過，比去年好！」他笑出聲音來，樣子很是高興：「有人在鼓吹種甘蔗，我在想，種甘蔗也是好，省工省肥料，蔗葉又可以給牛吃或是做柴燒，明年，我想把

沙崙頂那三甲多地都種甘蔗，不過，一定要你們同意才行，也要和兄弟參詳一下！」

「好，好，好！」他父親說：「種甘蔗好！」

亂箭穿心一般，馬水生咬咬牙繼續笑，說：「溪尾寮那二甲多水稻田才是真的好哪！那稻穗一穗一穗長長，飽飽，稻粒大大，稻珠都被壓得彎彎垂垂，街仔賣種子的缺嘴來發仔看了稻子，一口氣就先訂下一萬五千斤，要做種子賣，價錢比平常加兩成，先付訂金兩千！」

「真的？！」

「是啊！村裏很多人都說，他們要換稻種，要買這種去種！」

「呵呵呵，真好，真好！」老人歡喜得手腳都顫抖起來。其他兩個人便跟著笑起來。

溪尾寮那塊稻田的確這樣，只是有一點他沒有說出來，那土地一年前就賣給村長了，村長有個兒子農校畢業，帶這種稻種回來種，轟動附近幾個村莊。

笑過一陣後，他母親滿懷憧憬的、興高采烈的說：「水生仔，哪一天我們卡好一點的時候，你要帶我們去田裏看看哦！我感覺，我們已經很久沒有去田裏了，這麼久以來，我們只有去過牛屎埔，因為牛屎埔較近，你就只有帶我們去那裏，其他地方，很久很久都沒有去了！」

「對對對！」他父親眼裏露出異樣的光彩：「你要帶我們去，用牛車載我們去，車上面可以鋪稻草，裝上車板，用棉被墊著，我們可以倚靠在車板上，去溪尾寮，去草湖埔，去沙崙頂，

一次去一處就好了，兩三公里的路，我們有法度擋得住！你不要擔心！」

　　說完，嘆了一口氣，尾音拖得很長，由強漸弱，終於無聲。他的身體一動也不動，眼睛怔怔的望著泥土牆壁，心裏似乎在想一樁極其遙遠的事體，說話的聲音，也就特別給人一種飄緲而不實在的感覺：「水生他娘，妳想想看，我們靠著棉被坐在牛車上，在樹蔭下，慢慢的走，走去我們的田園……」最後面這一句卻是堅定的，他說：「要死以前能再去看一次自己的土地，死也甘願！」

　　「怎麼講這種話？！」馬水生緊張的說：「勇勇健健，醫生和神明都說不久就會好，怎麼講這種話？！」

　　老人悽然一笑，說：「沒有啦，跟你講笑的啦，看你緊張成這樣！」

　　馬水生心裏慌亂起來，坐不住，站起來：「那就好！」他說。彎身拿痰盂：「那我就放心！」痰盂拿在手上，站在牀邊，一臉愉快的笑：「我把痰罐拿去清潔一下，你們休息，馬上就吃飯了！」一頓，說：「這幾天比較空閒，你們好一點時，我一定用牛車載你們去田裏，一定！」還是一臉笑，看到兩個老的都高興地笑著點頭，這才放心轉過身去，一轉身，那一臉笑啪的一下都被扯掉了，換成一張皺著眉心的臉，端著痰盂，走出門外。痰盂裏色彩斑斕，花紅柳綠，一些淡黃夾帶著淺灰色的濃痰，因為馬水生端著走動的關係，便在那半盂血水裏載沉載浮起來。

　　父母要去田裏走走，這個容易，這兩年來，全村的人老早就自然而然有一種默契，絕不會把馬家賣地的訊息露一絲給這兩個

老人家，即使去田裏看到田地的新主人在耕種，新主人也會幫著打馬虎眼，說是農忙時大家互相幫著工作的。草湖埔那八甲多地，如今天賜仔種了西瓜，他跟他父母說是種花生芝蔴甘藷，比較蔴煩一點，不過也不是很困難，到時候編個動聽的理由就是了。馬水生操的不是這個心。這兩年來，父母、土地、家人等等大事小事，堆起來像一座山，重重的壓在他的心上，沒有一分一秒喘息的機會，這還不要緊，最重大的，是家裏的情形一天一天壞下去！

　　吃飯時，一家大小都到齊了，兩個老人家在他們房裏吃，白米煮稀飯，菜也特別買較好一些的，其他的，分三張不大不小的木桌，男人一桌，女人一桌，小孩一桌，吃蕃藷簽，一碗黑黑灰灰的蕃藷簽裏幾粒稀稀疏疏的白米點綴其中，醃瓜、高麗菜乾，自己種的菜豆白菜等，三餐都差不多，沒有什麼改變，有時小孩會去河裏溪裏摸些魚蝦，跟醃瓜一起大鍋煮，吃飯時大家便搶著撈魚，小孩會因搶魚而吵架、打架。今天這個中餐無魚無蝦，沒什麼可搶，比較平靜。

　　小孩平靜，大人卻不平靜，男人在討論賣地的事，女人壓低聲音吱吱喳喳，不知說些什麼。天氣熱，他們把飯桌搬到大門口榕樹下，男人小孩大都裸著上身，下身只穿一條短褲，也還是熱，汗流得滿身。

　　男人在一堆，先把陳水雷臭罵一陣，罵他吃人，罵他無天良，罵他祖宗，罵他的後代，罵他不該開那種價錢。罵完了，仔細檢討起來，還是同意把土地賣給他，因為不賣就沒有錢，沒有錢陳醫師的帳就沒辦法清，不清帳他就不來注射，幾個小時不注

射就不得了。要賣給別人，短時間內又找不到買主，尤其是幾天內就拿得出三五萬現金的，更沒地方找，是農人才買農田，而農人的財產又大部分在農田上，要變成現金，都需要時間，做生意的，對買農地無興趣，就是有興趣，價錢也未必比陳水雷高；賣吧，不得已，只好賣了！

決定賣地之後，五六個兄弟一個個唉聲嘆氣，地都賣光了，看以後怎麼辦？想起以前辛苦開墾的情形，想起勤勞耕作與歡喜收成的酸甜苦辣，每個人對土地的感情都格外激烈起來，大家你一言我一語，一時沒完沒了。

臺灣剛光復那兩三年，因為四腳仔走了，一切又都還沒有上軌道，尤其在這個窮鄉僻壤的地方，根本也沒有誰來講過什麼，所以大家都大大方方的把合歡樹挖掉，把土地墾出來，馬家人多，又夙有開墾經驗，就以原先開好的幾塊地為基礎，向四面八方擴展起來，此期間又弄到幾塊「日本人的土地」，合起來就有好幾甲了。雖然有好幾甲，因為一家人都勤奮，所以又替其他地主種了幾甲地，一年復一年，田地裏有些收成，省吃儉用積下來，又拿去買地，過不久，土地政策逐一實施，三七五減租，公地放領，耕者有其田，眼睛一眨，作夢一樣，他們竟然有十幾甲屬於自己的土地了！

然而如今，……，又什麼都沒有了！

兄弟們不免黯然神傷。

馬水生說：「我們又不賭博，又不開查某，土地就這樣沒有去，免不了會不甘願，但是，連神明也知，這是不得已。做人子女，這樣也是應該。所以，大家也不必失志，你們想想看，我們

從無到有，也只不過十五六年二十年光景，很快，對不對？那就是了，我們是不得已，才失去土地，有一天，我們會再拿回來，只要大家勤儉打拚，從現在的一無所有，要變成當初的『有』，絕對無問題，男子漢大丈夫，不要失志，大家若和好一點，團結起來，家和萬事興，就是說，萬一，萬一我們這一代不能把失去的土地買回來，我們的下一代，下下一代，子子孫孫，一定能夠做到！」

「你講什麼瘋話？！」他的一個弟弟說：「二十年內若是做不到，我的頭給你斬做椅子坐！騙猾！這種小事，也要講到子子孫那樣菜豆藤長又纏的話，也不是說要做皇帝，發那麼大的誓願做什麼？子孫自有子孫福，時機若到，子孫若有那種能力，有人會做聯合國國王也不一定，我們是土牛不識半字，我們的子孫敢會像我們這樣！我們也沒做壞天理的事，才不會那麼衰咧！」

「對，對，有理，有理，本來就是這樣！」其他的人附和著說。

「不管怎樣，十年也好，二十年也好，我們都要打拚！」最小的弟弟嚴肅地說：「我們的土地，我們開墾的，就是會怎樣，也不能就這樣放掉！」

「是，是！」

大家都吃飽了，女人把餐具收去，男人還談個沒完，小孩子有的跑去玩，有的就躺在地上睡覺。

一會兒，馬水生口渴，想喝水，茶壺裏半滴都不剩，他拿著茶壺，想到廚房叫女人煮一壺開水，走到廚房門口，卻聽到他的女人和他四弟媳在吵架。

他的女人一邊洗碗一邊很生氣地說：「妳講話要卡有良心咧！不然，若給別人聽到，真會以為我水生嫂是那種人，我夫妻一日到晚做牛做馬，也是為了使這個家庭像個樣，所以什麼事情都不願計較，妳講我歪哥，講我積私房錢，實在太過分，老實給妳講，這邊的人也有脾氣，也會生氣！」

他四弟媳雙手插腰，倚在對面牆壁上，冷笑一聲，惡毒的說：「哼！會生氣是要怎樣？妳會生氣，我敢就不會生氣？妳不要看妳們是老大，就時常要欺侮人！給妳講，別人怕，這邊的人不怕……。」

「不怕是要怎樣？怕又是要怎樣？三八查某！我無那種閒功夫跟妳在這裏搭七搭八了！」她把洗好的碗筷放到菜櫥裏去：「老實講，也沒有什麼好相爭的，如今土地都賣光了，還爭什麼？」

「妳才三八啦誰三八！賣土地，十幾甲的土地還不是妳尪（丈夫）賣的！賣了了，哼！還好意思講？賣十幾甲土地，妳們不知歪哥多少，積了多少錢咧！哼！以為我不知道？」

「妳知道個××啦！講妳三八妳就三八，妳知道妳現在在講什麼嗎？這樣黑白講！古早人有在講，抬頭三尺有神明，做人講話要卡差不多咧，賣土地，是不得已，妳以為我孩子的爸歡喜要賣？」

「哼！有歡喜無歡喜賣，那要問妳才知道，我怎麼知道？屁股幾根毛都看現現，有什麼好講！」她的聲音越來越大，好像要吃人一樣。

馬水生很是生氣，這幾年來，他處處以家庭為念，時常告訴

孩子的娘要耐勞忍讓，時時曉以大義。她女人做為她們妯娌的頭，也確實刻苦耐勞，寧願處處吃虧。到今天才知道，原來還有人這樣無天良，硬要把白白布染到黑，實在氣，實在忍受不住，剛要發作，突然想到他現在是一家之主，家用長子，國用大臣，他要公平嚴格，即使自己有理，也只能吃悶虧，為的是一家和樂。

　　但他實在太生氣了，所以忍不住脫口大喝一聲：「散散去！」

　　聲音之大，大如雷鳴，連門口樹下乘涼的兄弟，以及已經回到各人房間休息的弟媳們都聽得很清楚，他們聞聲匆匆趕來。

　　水生嫂吃了一驚，她從未看過水生那樣生氣過，立即閉了嘴。那四弟媳卻依然是一付潑辣模樣，她慢條斯理的，故意要氣死人的用鼻音說：「怎麼？人多，聲音大，就要壓死人？給你講，這邊的人不怕大聲！」

　　這時大家都趕到了，七嘴八舌吱吱喳喳聽了簡略報告，大家都說那四弟媳不對，水生的四弟大手一揮，啪的一聲，一個巴掌結結實實打到他女人臉上去，大聲罵：

　　「幹！查某人囉嗦什麼，雞公不啼，啼到雞母去！」

　　女人挨了打，楞了一下，被太陽晒黑的臉上赫然是一個看得很清楚的血手印，她用手摀住臉，哭起來：

　　「打要死，打要死！沒囊巴的！你的某（妻子）給人欺侮去，你反而打我給人看？路旁屍半路死！噢，我問你，我講不對是不是？你講你講，要給兩個老的注嗎啡射是伊們的主意，要賣土地也是伊們的主意，如今十幾甲土地都賣了了，我講伊幾句，

你就打我，打要死，你是打要死是麼？我講不對是不是，你講！無路用的查埔子，不會好死的！你講呀！」

眾人亂成一團。妯娌間有人動手拉扯那個女人。大家嗡嗡嗡。一時十分凌亂。

冷不防背後傳出一聲暴喝：

「散散去！你、你、你們這些不孝子！」

大家慌亂的回過頭去，他們的父母親，馬家的兩個老人家，各人拄著一根枴杖渾身顫抖的站在那裏。阿榮伯臉色發青，枴杖舉起來，不知要指人還是要打人，但因為身體激烈顫抖，枴杖沒拿穩，掉到地上去。老人家用手指著一羣人，激激激半天，才發出聲音來：「不孝！你們這些不孝子！」

大口喘氣，喘半天，說：「水生仔，來，我問你，老實給阿爸講，阿梅講你給我們注嗎咧，土地賣了了，是真是假，老實講！」

「阿爸，阿爸……。」

「你這個不孝子，你這個不孝子！」老人走近一步，用雙手沒命的捶打他的兒子，邊打邊罵邊大聲哭：「騙我騙到今日，枉費，枉費！人講國用大臣，家用長子，我用你做頭，你拿毒藥給我們吃，你土地，十幾甲土地賣了了，你、你不孝！不孝！我前生是作什麼孽！我是作什麼孽！」

老人捶打兒子之餘，還捶打他自己，因為身體實在太虛弱，挺不住，跌坐在地上，大家趕緊來攙扶，他一手揮開，掙扎著自己要爬起來，爬了一下，又跌下去，眾人趕緊扶他起來，這時，水生嫂與另兩個妯娌早就攙扶著他們的婆婆了，這老人家哭得死

去活來，連哭聲都哽住了，氣出不來，樣子很是嚇人！馬水生的四弟媳這一刻像個木頭人，乾站在一邊，不知所措！

阿榮伯被扶起來，還是哭，大聲哭，六七十歲的老人家哭起來，幽悽悽慘切切，實在不忍卒聽。眾人七嘴八舌的跟著哭著勸著，老人家稍稍平息，卻大聲叫：

「水生仔！」

馬水生應了一聲。他的臉早已縮成一團，大禍臨頭，驚慌無措之外，還有歉疚，悔恨與悲傷。

「跪下！」

老人聲色俱厲的下命令，馬水生喀咚一聲，雙膝落地。

「柺仔！」

馬水生把柺杖撿起，雙手呈給他父親，老人家接到柺杖，立即沒命的、不分輕重的、朝著跪在地上的水生的頭臉打下去，邊打邊大聲哭，邊罵：「不孝，不孝子，土地，你把土地，賣了了，十幾甲，我，我們一鋤頭，一鋤頭，開墾的土地，賣了了……你阿爸為了土地，給四腳仔打到吐血，向四腳仔下跪，你，不孝，你把土地賣了了，你阿爸給四腳仔打到吐血……。」

一會兒，老人力氣用盡了，眾人扶兩老進去房間給他們躺著休息，大家一陣勸說，一再保證，土地雖然失去了，但是，他們一定要同心協力勤儉打拚積錢再買回來，勸很久，說很多話，一再保證，老人情緒才平穩下來，但是，誰都可以看得出來，那不是釋然於懷的表情，而是既已如此，不得不認而已。

老人閉著眼睛躺了一會兒，呼吸聲音逐漸均勻起來，兒子們以為他們睡著了，正準備離去，阿榮伯卻突然睜開眼睛，鄭重其

事的，下命令的告誡兒子們：「土地是我們的，我們辛苦開墾的，那是我們的命，你們要勤懇，不管怎樣，都要積錢再買回來！」

兒子們堅定的，嚴肅的點點頭，一再保證，一定拿回來，老人嘆了一口氣，對他老伴說：「都是我們！把子孫拖累到這樣，二三十個人，連一畦種菜的土地攏總沒有，看怎麼過日！」

說過不久，大概過於勞累，即沉沉睡去。馬家兄弟個個垂著頭，心情沉重地，離開父母的房間，

這晚上，馬氏一家的大人都在床上翻來覆去，子夜一過，才迷糊入夢，唯有馬水生，怎麼睡也睡不著，思前想後，憂心如焚，難啼時，猶恍恍惚惚似睡似醒，矇矓中聽到一聲碰撞聲響，好像什麼東西倒在地上一樣。過後，即歸於沉寂，只有晨雞報曉之聲，一陣緊似一陣。

過一會兒，馬水生突然想到什麼，身體就像觸電一樣，從牀上彈坐起來，跳下牀，暗叫不好，三步併兩步，慌亂萬分地衝進他父母房裏。

那條粗壯的長板凳倒在地上，馬水生的父母，雙雙吊在屋頂的木柱上，燈光幽微，一抬頭可以看到兩個老人家的雙手緊緊握在一起；他們的身體懸空靜止不動，一條黑色的粗布褲子，順著褲管被扯開，各扭成細長條，套在他們的脖子上。馬水生呆了，他抬著頭，站在那裏，一動也不動。

恍惚間，他好似看到他的父母駕著牛車，雙雙坐在車板前的橫木上，在溪尾寮、草湖埔、沙崙頂、牛屎埔的田園邊，有樹蔭的牛車路上，緩緩前進，有說有笑。

又恍惚看到他們疲累枯槁的躺在牀上，聽到他父親對母親說：「都是我們，把子孫拖累到這般！」又恍惚聽到父親對他說：「土地是我們的，不管怎樣，都要勤儉打拼再拿回來！」

然而，他眨一眨眼睛，仔細聽時，那聲音卻在自己腦子裏洶湧翻騰起來。除此之外，萬籟俱寂，唯雞啼之聲此起彼落。

室內昏黃的五燭光的電燈，平靜地散發出微弱的光芒，照著兩個懸空靜止的人，也照著他們緊緊握在一起的手。

● 作者介紹

洪醒夫（1949-1982），原名洪媽從，出生於彰化縣二林鎮。18 歲考入臺中師範專科學校，專一時期所作的首篇小說〈逆流〉，《臺灣日報》副刊主編徐秉鉞先生特別撰文推介這篇小說，這是他步上寫作之路的起點。師專畢業後任國小老師，33 歲因車禍去世。

洪醒夫也寫新詩、散文，21 歲與蘇紹連、蕭文煌等人共組「後浪詩社」。但是他以小說創作享譽文壇，23 歲以小說〈跛腳天助和他的牛〉獲第四屆「吳濁流文學獎」佳作，26 歲以小說〈扛〉獲第七屆「吳濁流文學獎」佳作，28 歲以小說〈黑面慶仔〉獲第二屆「聯合報小說獎」佳作，29 歲以小說〈吾土〉獲第一屆「中國時報文學獎」小說優等獎，同年（1978）又以小說〈散戲〉獲第三屆「聯合報小說獎」第二獎。教育部選錄其散文〈紙船印象〉及小說〈散戲〉至國、高中國文課本。

出身農村的他，在小說中對 1950 年代中期至 1960 年代臺灣農村生活的變遷現象有著十分細膩的描述。他自稱喜好寫臺灣農村小人物的故事。由於他不僅將勤懇誠樸的農民精神躍然紙上，農村生活的困苦樣貌也深刻地在他的文字中記錄了下來，使他名列臺灣鄉土文學作家。

　　〈吾土〉收錄在洪醒夫出版的第一本小說集《黑面慶仔》，強調
書中的農民故事，都是後代子孫不可忘記的歷史。〈吾土〉這篇敍述
馬水生一家人因「歹運」而賣光十幾甲農地的故事，正是洪醒夫希望
所有臺灣子弟銘記於心的一頁史篇。

肆、問題與討論

1. 陳義芝〈雨水臺灣〉以「水牛」意象喻指臺灣，請問與你所認知的臺灣是否相同？試說明理由。

2. 閱讀陳義芝〈雨水臺灣〉，你認為詩人抒發什麼樣的情感？你是否能產生共鳴？為什麼？

3. 零雨〈太平洋〉省視個人內在，發現自己的情感、信仰、記憶有了變化。請問你是否有類似的經驗？請分享你省視內在的體會。

4. 請問零雨〈太平洋〉的「另一繁華／的彼處」是指什麼地方？請說明理由。

5. 你覺得在臺灣前面加上哪個形容詞，成為「□□的臺灣」，最能貼近臺灣的社會現實或臺灣的形象？為什麼？

6. 顏敏如選擇中東北非做為個人紀實的對象，有其深切感動的理由。請問世界上你最感興趣、最想瞭解的地區或國家是哪裡？請說明你的理由。

7. 請說明洪醒夫〈吾土〉語言特色及所反映的社會現實。

8. 請從洪醒夫〈吾土〉這篇小說選出一位人物，談談你對他的評價。

伍、寫作引導

　　產業升級創新與青年洄游創意共構，是當前重要課題。請上網閱讀這篇 2019 年 3 月 25 日新聞全文。

　　（中央社記者楊淑閔臺北 25 日電）：「臺灣蘭花從 88 到 103 年，出口值持續成長到年外銷值破億美元，締造蘭花王國的美名；但最大對手荷蘭做了兩件事破解臺灣優勢，越南也是後生可畏；臺灣蘭花外銷，將進入盤整期。……農委會分析，全球產業的競爭是沒有停止過、一直在變動中的，當臺灣蘭花外銷處在成長榮景時，業界總是

習慣既有的作業模式，未再整備、翻新；其他國家則不斷 10 年磨一劍，投入研發、海內外跨業高度整合推進；循此看來，這幾年外銷出口值將會起起伏伏，進入盤整期。」

（編輯：陳清芳 https://www.cna.com.tw/news/afe/201903250181.aspx）

陸、活動與作業

1. 以上述蘭花產業為背景，或其他個人感興趣的百工、行業，撰寫一篇青年洄游成為創業達人的故事。字數不限，題目自擬。
2. 進行 3 分鐘短講活動，介紹一個關於親友、鄰里或地方特產，創業奮鬥的故事。

柒、延伸閱讀

1. 呂正惠（1992）。《戰後臺灣文學經驗》。新北市：新地。
2. 王德威（1998）。《如何現代，怎樣文學？——十九、二十世紀中文小說新論》。臺北：麥田。
3. 蔡源煌（1998）。《從浪漫主義到後現代主義》。臺北：雅典。
4. 張雙英（2004）。《文學概論》。臺北：文史哲。
5. 吳曉東（2005）。《從卡夫卡到昆德拉——二〇世紀小說與小說家》。北京：三聯書店。
6. 陳大為、鍾怡雯主編（2006）。《20 世紀臺灣文學專題》。臺北：萬卷樓。
7. 陳芳明（2007）。《後殖民臺灣：文學史論及其周邊》。臺北：麥田。

捌、相關影片

1. 李行（導演）（1980）。《原鄉人》，文學改編電影。臺灣：大眾電影事業股份有限公司。

2. 侯孝賢、萬仁、曾壯祥（導演）（1983）。《兒子的大玩偶》，文學改編電影。臺灣：中央電影公司、三一股份有限公司。

3. 張美君（導演）（1985）。《嫁妝一牛車》，文學改編電影。臺灣：蒙太奇影業股份有限公司。

4. 克里斯史旺頓（Chris Swanton）（導演）（2012）。《卡夫卡變形記》（Metamorphosis），文學改編電影。英國：Attractive features, Ltd。

第 *2* 單元

女性主義

壹、教學目標

（一）透過閱讀蓉子〈我的粧鏡是一隻弓背的貓〉、顏艾琳〈探測一
　　　朵蘭花的心意〉和童眞〈穿過荒野的女人〉、李昂《睡美
　　　男》，使學生認識並能理解，近現代臺灣女性文學的發展軌
　　　跡。

（二）透過閱讀蓉子〈我的粧鏡是一隻弓背的貓〉和顏艾琳〈探測一
　　　朵蘭花的心意〉使學生能體會女詩人們對於自我主體意識的追
　　　求及變化。

（三）透過閱讀童眞〈穿過荒野的女人〉和李昂《睡美男》，使學生
　　　掌握並能欣賞，華文女性小說家的女性意識和寫作姿態、故事
　　　人物、情節的設計。

貳、知性時間

　　「女性主義」（feminism），近代影響深遠的普世思潮之一，也
稱「女權主義」。是一項以「女性」爲意識的覺察和發動主體，起於
近代西方，盛於英美，普遍於世界的人權主張，包含理論和運動。一
如所有思潮，「女性主義」的呼籲，並非一役畢功。20 世紀之前，
對女性、種族、宗教、階層等主張公平公正的聲音，僅止於零星；直
到 20 世紀，基於權利正義、尊重差異，這些議題眾聲匯聚，才獲得
了空前的肯認和實踐。「女性主義」、「女性主義文學批評」和「性
別研究」則是女性文學研究的三大議題。

　　「女性主義」致力於取回「話語權」，冀望從被忽略或被書寫而
改由「自我書寫」。以男性之筆記錄的 history，掌握了歷史詮釋，女
性缺席在於被區隔而消音。數千年來，人類習以「男女有別」來形塑
兩性的人格、教育、分工、時間、空間的主從倫序，僅僅期勉婦女要
能賢妻良母、宜室宜家。女性持家、無從受教，也失去經濟或宗法上

的主張。因此，「女性文學」有意識地以女性視角、透過書寫來發聲；藉此，解構父權為其方式，拋棄二元對立以共構完整的歷史才是目的。

臺灣的女性主義，1970 年代，「新女性主義」主張初起，「婦女新知雜誌社」等結群倡導；1987 年解嚴，女性主義學者歸國，以出版社、讀書會、大學社團、街頭運動等行動衝撞體制，加上社會開放後的衝擊，使得 1980 年代的臺灣女性作家的思維和意識大大提高了發言權，而幾次指標性的性別案件，社會情緒熱切，更促成進入體制和修法，如親權、繼承權和職場權。此外，臺灣的女性文學承載了女性的困難和嚮往，在文類、主題、體裁、形式、技巧上不斷突破，題材也日漸寬廣，特色別具。

臺灣的女性現代詩，早期有陳秀喜、杜潘芳格，60 至 70 年代有張秀亞、蓉子、林泠、胡品清等。70 至 80 年代有敻虹、羅英、朵思等。80 至 90 年代有席慕蓉、夏宇、零雨、馮青、沈花末、江文瑜、洪素麗等。90 年代後有顏艾琳、陳育虹等。

至於女性小說，20 年代有楊千鶴。50 年代，懷鄉主題之外，女性作家也寫家庭、婚姻或男女，如林海音、聶華苓、童真、潘人木、於梨華、歐陽子等，臺灣第一部女性小說選《海燕集》在 1953 年出版。70 年代，新生代女性作家的都會文學形成。80 年代，進一步回應了後現代和家國族群的處境。這時有陳若曦、施叔青、廖輝英、蕭麗紅、蔣曉雲、朱天文、朱天心、袁瓊瓊、李昂、李渝、平路、蕭颯、蘇偉貞等。90 年代迄今，女性論述和同志論述成為新生態，有成英姝、陳玉慧、蔡素芬、鍾文音、邱妙津、陳雪等。

21 世紀，臺灣女性文學的版圖更形遼闊，女性文學的書寫、批評或女性文學史的建置，成了學院課程和研究議題，也是討論臺灣女性文學的重點。對女性來講，20 世紀是讓女性從識字和經濟二途取得人格獨立，女性放了小腳一百年，浮出地表，「女力」於焉崛起。

參、閱讀文本

1 我的粧鏡是一隻弓背的貓 ／蓉子

我的粧鏡是一隻弓背的貓
不住地變換它底眼瞳
致令我的形像變異如水流

一隻弓背的貓　一隻無語的貓
一隻寂寞的貓　我底粧鏡
睜圓驚異的眼是一鏡不醒的夢
波動在其間的是
時間？　是光輝？　是憂愁？

我的粧鏡是一隻命運的貓
如限制的臉容　鎖我的豐美於
它底單調　我的靜淑
於它底粗糙　步態遂倦慵了
慵困如長夏！

捨棄它有韻律的步履　在此困居
我的粧鏡是一隻蹲踞的貓
我的貓是一迷離的夢　無光　無影
也從未正確的反映我形像。

● 作者介紹

　　蓉子（1922–2021），本名王蓉芷，江蘇漣水人，金陵女子大學肄業，曾任教師及公務人員，1949 年來臺。1950 年代開始於報刊發表詩作受到矚目，1953 年出版臺灣戰後第一本女詩人作品《青鳥集》，因此被詩壇譽為「永遠的青鳥」。此後活躍於詩壇，參加藍星詩社，並主持詩刊編務，與詩人羅門結為知名的文學伉儷。蓉子創作頗豐，有 11 本詩集和 5 本選集出版，許多詩作被選入中、外詩選集中，曾獲頒英國赫爾國際學院榮譽人文碩士、世界藝術文化學院榮譽文學博士、國際詩人獎及國家文藝獎等殊榮。代表作有《青鳥集》、《七月的南方》、《蓉子詩抄》、《維納麗沙組曲》、《橫笛與豎琴的晌午》、《天堂鳥》、《黑海上的晨曦》等。

　　評論者鍾玲指出蓉子詩有多面化特色，最突出的成就是塑造現代婦女的新形象；表現了充滿生命力的大自然及豐盈的人生觀。蓉子詩如其人，她是一位虔誠基督徒，也深受中華文化薰陶，對真、善、美生命理想之堅持與追求，反映於詩中，表面上溫柔敦厚，實際上卻是沈靜堅韌，鍾鼎文形容她的詩風：「充滿著一種寧靜的寂寞和淺淡的悒鬱。」

　　〈我的粧鏡是一隻弓背的貓〉這首詩選自蓉子第三本詩集《蓉子詩抄》第五輯主題為「一種存在」。此時詩人身分從少女轉變成少婦，和所有職業婦女一樣，生活如何在「家務」和「職務」間取得平衡？促使單純追求幸福的「青鳥」，成為隱身妝鏡弓背的「貓」。蓉子有感於女性在現實生活中所遭遇的重重框架與限制，以譬喻手法呈現對女性主體存在的思索。雖然詩人最終仍以靜淑、自憐的傳統姿態回應這個命題，然而詩中透露的深刻反省與苦澀掙扎，仍被視為女性追求主體自由的代表名作。

2 探測一朵蘭花的心意 ／ 顏艾琳

看來，妳是有點老了

但妳如此縱容地

讓懶散逐日為妳上色，

且把我的孤獨

芒雕在妳纖細的網脈上。

這麼仔細看來，

那漸萎的弧線

其實含有訕笑……

● **作者介紹**

　　顏艾琳（1968-），臺灣臺南下營人，輔仁大學歷史系畢業，國立臺北教育大學語文創作所肄業。1990 年代起活躍於臺灣詩壇、文化界，她曾自言因為詩的引導，培養了藝文方面的敏銳感受力，因而跨界到許多不同的領域，曾做過新聞宣傳、公關企劃、裝置藝術、創意文案、即興表演、書籍評論、藝文講師、編輯總監、活動策展等工作。1994 年出版首本詩集《抽象的地圖》，以其奇思妙想，活潑得有點瘋狂的風格，受到兩岸新詩界的重視。1997 年出版《骨皮肉》詩集被視為樹立個人獨特面貌的代表作，她以恣意灑潑、特立獨行的風格，大膽誠實不忌諱地寫情欲和身體感官相關詩作，震撼藝文界。詩評家稱她的情欲詩寫得「魅惑卻不腥膻，大膽而清純，性感而又豪邁。」瘂弦稱其做到了「言人之未曾言，言人之未敢言，言人之不好意思言。」顏艾琳可說開創了女性情欲書寫的新時代，從此成為臺灣詩壇關於性別自覺與女性情欲主題的重要研究對象。其詩集著作有

《抽象的地圖》、《骨皮肉》、《黑暗溫泉》、《跟天空玩遊戲》、《點萬物之名》、《她方》、《吃時間》等，詩作已譯成英、法、韓、日文等多國語，並被選入各種國語文教材，甚至改編為歌曲、微電影、廣告、舞台劇、現代舞等各種文創形式。

〈探測一朵蘭花的心意〉這首詩選自顏艾琳的《骨皮肉》詩集。在父權異性戀的社會常將女性比喻成嬌柔美豔的花，吸引著男性來攀折。這首詩將女性比喻為蘭花，而蘭花在我們的文化傳統中具有孤芳自賞、高潔的象徵，不隨流俗的審美價值觀度日，不以青春肉體為美，年老色衰為悲，有別於前期女詩人的婉約自抑，呈現堅持活出自我的新時代女性形象。臺灣 80 年代後受美國激進派女性主義影響，女性主體意識覺醒，不再是順從柔弱的一方，女人的身體要從父權的宰制、美感體系下解放出來，我的身體，我自己作主。

3 穿過荒野的女人 ／ 童眞

一

誰都說，今年夏天臺灣南部特別熱，熱得像處身在火山口的邊緣。然而薇英的感覺卻正相反，她一直覺得身畔老是迴旋著一股不散的涼風，吹進了她的心裡。二十年來，她從沒有這樣輕快、舒適過。她差不多整天都跟女兒筱薇在一起。小屋門前是個小院，一株鳳凰木，枝葉像鷹翅一樣地伸展開來，遮掩住整個的院子。下午，娘兒倆總要搬上兩張椅子，坐在樹蔭下聊天；或者是，女兒看書，她在旁邊冥思遐想。綠蔭籠罩著她倆，紗綃似的，夢影似的，她會倏地一驚，以為自己果真在做夢，及至目光觸到了旁邊的女兒，她又不禁笑了；笑得這樣輕鬆，就像她頭上鳳凰木的微微搖曳的葉子。

她想，這樹長得可真快，才不過七八年，就像一個豐滿的少女了。如今，筱薇終究也已長大成人，二十三歲啦。她立直身子，比媽媽還要高半個頭呢！娘兒倆在外面走，只要逢到什麼高低不平、狹窄泥濘的路，筱薇總會伸過一隻手來，攙住她，一邊說：「媽，當心，別摔倒！」其實，即使她沒有人扶，也能穩穩過去，她還不至於衰老到這樣；不過，她總依著女兒，讓她扶她，有時，還故意把整個身子靠在她的臂上。

她喜歡有這種安全感，覺得自己畢竟也有一個人可資依靠、可受庇護了。她抬起頭，瞧瞧女兒，此刻，她正微俯著頭，在專心看書。淡遠的眉，細長的眼，鼻樑窄窄挺挺的，那條直線直往下溜，在鼻端忽然圓圓地彎了起來，使它顯得莊麗而又柔美。嘴

巴緊閉，堅毅多於嫵媚；這也許是多年來，她做母親的影響了她。她記得，女兒小時，給裹在湖色軟緞的披風裡，模樣兒也挺可愛。她還給她照了相，這是她童年的唯一的照片，因為以後，縱使她長得更好看了，但卻已不再允許她把錢花在這上面了。那張照片至今還被珍藏著，連同她中學、大學時代的幾張留影以及最近那張戴方帽子的肖像。那最近的一張，是女兒不久以前從師大郵寄給她的。她拆開信封，那照片便滑落在她手裡。背向上，她看見上面寫著兩行字：

願她的努力，能補償母親的辛勞於萬一。

她把照片翻過來，見是戴著學士帽的女兒。她緊緊地揑著它，怔怔地望著它，然後哭了。哭著，哭著，恍惚覺得手中拿的就是她自己那張師範的畢業證書。她又站在小茅屋裡了，頭碰著那低矮的屋頂，暗黃的霉稻草像纓似地垂下來。她凄凄地抽泣著，這時，她的身畔突的響起了清脆的小女孩的聲音：「媽媽，你一回來就哭，你不喜歡看見筱薇嗎？」她頭一低，瞧到筱薇正站在她的腳邊，她穿著一套舊印花布的短衫褲，兩眼閃動，鼻翅微掀，嘴巴張開。她整個的神情是期待而又恐懼。「不，筱薇是媽的心肝，媽什麼都為你，怎麼會不喜歡看見你？」她彎身去抱她……驀地，身邊那個小女孩消失了，展在眼前的是照片上那個端莊穩重的女學士。在晶瑩的淚光中，她透出一絲笑意，她用力把頭一甩，宛如要抖掉往昔落在她頭上的稻草梗子。

筱薇南下的那天，她曾去車站接她。這孩子一下車，看見媽媽，第一句就說：「媽，以後我們再不會天南天北離得這麼遠了。我可能被分派到這兒的一所中學裡教書，我們每天都能見

面。以前，我們離開的日子太多，以後我們要補償一下。」

　　她抓住女兒的胳臂，說不出話，因為一開口，她准又會掉淚的。女兒的一片孝心，是她所有安慰中的最大安慰。就說這個夏天吧，她拒絕了好幾個朋友的邀遊，寧可陪著她，同她閒談，幫她理家。有時，她疼她，說：「筱薇，那種劈柴起火的事情，你做不來，放著，讓媽來。」但她偏不依，回嘴頂她：「媽，你不是說你二十來歲的時候什麼都會做？」她只得依了她，她倆一聊天，就免不了聊到大陸的故鄉。做媽的有時會感慨地說：「我們現在住的小屋子，跟大陸上你外婆家或你父親家的大屋子比起來，眞有天壤之別。」她自己的經歷女兒全知道，女兒便會撅起嘴回她：「我不稀罕！那種大房子沒有這房子明亮，住著舒服。媽，那兩座大房子給你的痛苦還不夠，你還想它們幹什麼？」

　　當然，她不再作聲了。女兒說的不錯，那兩座大房子給她的痛苦確是太深、太重了，而且，那種大房子也委實太陰暗、太缺乏光亮了。就像在這種暑天，大房子裡雖然跟樹蔭下一樣涼快，但同樣是涼快，滋味卻有不同。那裡的涼快帶著陰澀、潮濕，這裡的涼快卻是爽朗、乾燥。尤其是自己娘家的那座大房子，終年是灰暗暗、淒慘慘，一副沒落的氣象。她是父母的幼女，沒來得及趕上家業的輝煌時代，一生下來，家就迅速地直向下坡路走，所以她碰到的僅是一些拉長的臉。從十二三歲起，嫂嫂姊姊便把好多事情都推給了她。父親睜一隻眼閉一隻眼，裝做沒看見；母親呢，雖然疼她，但也無能為力。直到十八九歲，大家這才換了一副面孔，對她笑臉相迎了，因為瘦瘦小小的她，到那時，忽然出落得非常嫵媚了。

　　她想，要是生得平凡庸俗些，或許也不致挨這許多年的苦，但是美原沒有罪，怪的是：即使是一家人，為什麼也有這麼多的私心？父親哥哥都以為憑她的娟麗去攀一門富親，該是挽回家運的唯一途徑。她只讀過小學，即使她的兩個哥哥，也只進了一兩年的中學。他們並不重視學問。有錢時，覺得錢是一切；沒錢時，也覺得錢是一切。他們擁在家裡，一天到晚只在錢上動腦筋。他們到處探聽，想為她覓一個理想的對象，結果終於給探聽到有一家姓沈的，在上海開著幾爿店，正在為他們還在大學念書的獨子物色一房媳婦。於是，父親便託媒人去說親。親事是巴結上了，因為照片拿過去，做公婆的看了都中意；至於這裡的家庭狀況，媒婆加醬加醋的，當然扯得離事實很遠了。

　　她結婚是二十歲。父母打腫臉充胖子，給她辦了一份就他們家境來說不算菲薄的妝奩。那些日子，家裡最熱鬧，人們挺高興，好似她一嫁出去，家裡就會好起來。婚期近了，男的忽然提議到上海完婚，理由是他不願多曠學業。好吧，就到上海去。父母兄嫂陪著她，帶著一些細軟嫁妝。男家的父母也趕到上海。女家滿望男家能夠包個像樣的飯店，一方面作為禮堂，一方面作為他們歇腳的地方，好讓自己節省一筆開支。但男家的想法卻不相同，他們要把禮堂和筵席設在自己的店裡。因此，女家也就只得找家旅館來安頓。後來，事情又發生了，新郎主張新娘坐汽車，而她的父親卻堅持要她坐花轎。雙方僵持。她偷偷地流著淚，忽然預感到前途的不幸！這裡是沒落的大家庭，那邊是新興的大財主；這裡恪守著舊的傳統，那邊卻在接受著新的文明。兩個截然不同的家庭，卻硬結成了親戚。她，一個無用的女子，勢將夾在

這兩堵石壁之間。她甚至巴望著這僵持會得繼續下去，終而至於撤銷這門親事。

　　然而這種僵持持續到結婚的前日，就像春雪似的溶化了。父親剛想收回己見，男的竟也同意了他的要求。下午，花轎「啊哩，啊哩，嘚！」地吹打過來，一切又如豔陽天那樣美好了。她戴著胸花、手錶、手鐲、戒指、耳環，穿著繡花的大紅軟緞禮服，頭上蒙著一方紅綢，手中握著捧花。父親一再地叮囑她：「薇英，爹給你結上這門親，可不容易，離開了爹娘，可別忘記爹娘。你在那裡，事事都要為家裡著想，家裡的情形你當然瞭若指掌的呀！」母親也哭哭啼啼地說著這些話。嫂嫂扶著她上轎，還在她腳下放了一只燃著芸香的銅爐。花轎門給上上了。她猝然哭了起來。花轎的外表五光十色、晶瑩燦爛，但裡面卻是黑黝黝的。她的命運會不會跟它一樣，隱藏在美麗下面的是一片黯淡？美麗是給人家看的，黯淡卻是自己身受的。他們要她事事為他們著想，可是又有誰為她著想？

　　樂器吹打著，炮竹乒乒地燃放著，她的低低的哭聲自然沒有人聽得見。花轎抬起來了，搖搖晃晃的，芸香也一陣陣地冒上來，醉醺醺的。她不是沒有坐過便轎，但坐便轎跟坐花轎是兩回事。坐在便轎裡，她是便轎的主人；但坐在花轎裡，花轎卻是她的主人了。她一切得遷就它。她不能說一句話，她不能把屁股移一下，母親關照她：移一下，就得嫁一次。但越不准移動，心裡就越想移動，好像這樣坐著，總不對勁兒。她硬忍著，忍得渾身都酸麻麻的。她試著透過紅綢和玻璃看看轎外，但什麼都看不到。她只能看到自己的手：戴著手套，佩著戒指、手鐲和手錶。

這不是她素常的手。一切都是陌生的。她正被抬往一個陌生的世界，那裡的生活是好是壞，她已完全交託給花轎了。穿過一條馬路，又是一條馬路，好長的路！覆在頭上的紅綢，抖抖地擦著臉，好癢……啊，真的好癢，她抬起手，往臉上一摸，捉到幾片鳳凰木上落下來的細葉子。

二

她把葉子放在手心上，擺弄著。那細葉子，就像西瓜子大小。她記起來，她做新娘那天，坐在新房裡，朱紅泥金的格子果盤擺在她椅旁的梳妝檯上。女賓和小孩都吃著，要她嘗一點，她婉卻了，一方面是怕羞，一方面也委實吃不下。但她們一定不依，她拗不過，抓了一撮醬油瓜子，抿著嘴，慢慢地嗑瓜子，這是女人消磨時間的最好方法。嫂嫂姊姊們老把歪曲的、小小的瓜子留下來給她，但她有一口整齊無縫的牙齒，只要把瓜子送進去，核肉就會完整地、筆挺地脫穎而出，可愛得就像她那細小的牙齒。那天，來賓們交口稱讚新娘的漂亮，待賓客散盡，她丈夫偉博就回到房間裡，對她細加端詳。也就在那時，她看清楚了他。他身材頎長，前額高闊，宛如紅木床上的床楣，但他的臉卻是清臞的，尤其是下頜，尖巴巴地，這應該是個美女的下頜，但配在他的大前額下卻並不出色。他尖利、機敏、能幹，這些都顯明地現露在他的臉上，跟浮在鏡面上的光一樣清晰。她在心裡祈禱，最好她的美能夠贏得他的愛；她也明知這種專重美色的男人並不好，但對她，這或許還是好事。然而，他卻調轉身子，燃起一支煙，說：「我不會說你漂亮的，人家說得太多，太過分了。讓我聽來，好像是說我這張臉配不上你。」他竟是這樣地自私和

善妒，她差點掉下淚來。她閉緊嘴，望著那對熊熊地燃燒著的龍鳳燭，紅色的淚一點一點地往下滴，滾燙地落在她的心窩裡，但她卻硬忍住了。她想，在以後的生活中，她是免不掉要忍的。幸而在娘家，她已經忍慣了。她得依順他，伺候他，並且設法去愛他；無論如何，她得把他當作一切。目前新式的女子可能不會有這種想法，但她既沒讀過幾年書，又沒有佶大的勇氣。她從舊家庭裡出來，舊式女子的命運還緊縛在她的身上，即使要掙脫，怕也沒有這份力量。

　　三天回門，偉博換上了西裝，她也穿上了最時式的旗袍，兩口子坐上汽車，嘟嘟嘟地掠過馬路。繁華的上海盡在眼前。偉博忽然摟住她的腰，說：「薇英，上海好，你還是住在這裡。滿月後，爸媽都回鄉下去，那時我代你求情。」她低著頭，臉一直紅到耳根，是喜？是羞？她想，他終究愛她了。結婚那天全是她在胡思亂想。她的路像馬路一樣，寬闊的兩旁是多彩多姿的。她輕輕地說：「謝謝你。」

　　剛說完，車便停在她父母所住的那家旅館門前了。她被扶下車來，一臉喜氣，以前那不快的陰影全部消失了。他們從樓梯口走上去，到房間裡，向父母行一大禮。坐不多久，母親就拉著她往裡室走，低而急地問她：

　　「薇英，你覺得他到底怎樣？待你好不好？」

　　她那時心中只存著剛才的情景，便說：「好，很好。」她母親說：「謝天謝地。你爹硬把你配到他家去，當然是為了他們有錢，但是如果真的為這而苦了你，那就太不划不來了。因是娘生的，娘也是女人，明白這不是三兩天的事情，這是一輩子的事

情。」

她只是微笑。

「這樣我就放心了。這裡花費太大，明後天，我們就要回家去，你那邊怎樣打算？」

她把剛才偉博所說的話告訴了母親。「我不表示什麼意見，跟公婆回鄉下去住也好。」

「對，這樣好。不過，看來，你十九是住在上海了。他是獨子，父母總得讓他一著。薇英，說起來，我倒忘了，你爹剛才還在跟我說，他家幾爿店裡的經理，都是他們的一些遠房親戚，以後，你有機會，總得給你的兩個哥哥想想辦法。」

「媽，這恐怕……」

「不要急，慢慢來，以後日子久了，兩夫妻有什麼話不好說的。你不要老記住你哥哥的不是，自己人，事情過了，也就算了。」

回到外房，哥哥嫂嫂已到外面去，父親跟偉博正談得起勁。父親是個胖子，說得高興時，總要頭點擺腦的。偉博的腰、背、頭頸都挺得筆直，跟他坐的椅子的靠背一樣僵直。她最初看到他這副樣子時，心裡便替他感到吃力，後來看久了，倒也慣了。那時，他們正談到上海幾爿店裡的情況。她只聽見父親說：

「嘿，有你這樣能幹的小東家去時常督察照料，還怕這些店不會興隆起來？」

「哪裡，我只是有空去走走，什麼也不懂。聽來，爸爸倒是對這些很在行的！」

「唉，老了，懂也沒有什麼用了，倒是薇英的兩個哥哥對這

很有一些經驗。」

　　父親弓著背，伸著頸，像在等候偉博把話接下去，但偉博卻端起面前的茶喝了。父親這才看見她進來了，忙又說：

　　「小女一向在老妻膝下，什麼事都不懂，一切還要令尊令堂和你包涵些。」

　　「爸爸，現在時代不同了，只要兩口子能夠互相瞭解，互相愛戀，什麼都不要緊，談不上什麼包涵不包涵了。」

　　父親又碰了一個軟釘子。老年一代的思想已經不再適合年輕的一代。父親終於不再作聲了。

　　回去是傍晚。在車中，偉博只是衝著她笑。她問他：「你笑什麼？」他不答，依然笑。「是不是我的頭髮亂了？還是我的臉上有汙點？」他搖搖頭，仍舊笑個不停。他的微笑像根抖動的絲帶，擦得她混身不自在。她急了，說：「你怎麼啦？老是笑我？你不告訴我什麼地方不對勁，難道還要叫別人來笑我？」

　　「不是笑你，笑你爸爸。」他說。

　　「他說話的樣子很滑稽，是不是？」

　　「不是。他真有兩下，我以前不知道，我佩服他。」他的笑容收斂了。她突然感到他還是笑的好，不笑，他的面孔就平板得像他西服的前襟，彷彿臉皮、後面也給襯上了硬繃繃的東西。這樣，他們一直到達住所，誰都沒有說過一句話。

　　她是預備住在上海的，預備學習在這個時代、這個環境中所要學的一切，如穿高跟鞋、吃西菜、跟年輕的朋友見面或分別時的握手等等。凡是他喜歡的，她都願學。使她也像一個新派的女子，配得上他；使她又像一個舊式的女人，能服侍他。她想得太

好了。但快滿月時，他卻對她說：

「你還是跟我爸媽回去的好，我考慮過了，你留在這裡，或者不留在這裡，都是一樣。我請你兩個哥哥到上海來幫忙就是了。」他又笑了，像那天車中的笑。這笑使她恐怖，使她戰慄，她說：

「你這是什麼意思？」

「我的意思很好。你家裡要你嫁給我，無非是想要我給你兩個哥哥安插位子；我家裡要叫我娶你，也無非是想有個美麗的媳婦。這樣不是兩全其美了？」他又笑了，這麼尖銳，這麼激動，這一次，它像一條鋼鞭似的抽著她。她眼前一黑，坐倒在椅子上，覺得自己直在往下沉，而推倒她的，卻正是她最親愛的人。

她跟公婆回到鄉下，住在一座大房子裡。那房子雖不像自家的凋落破舊，但兩進房子只住了四五個人；這就覺得連自己的影子也是可愛的了，不幸的是，在那陽光照不到的大房子裡，連自己的影子也很少碰到，她常獨個兒坐在那裡，浸在一片灰撲撲的孤寂中，或者去公婆那邊，聽婆婆嘮叨，替公公裝水煙，呼嚕嚕——噗！火亮了，又熄了，希望的火是這麼短暫。一個連一個，留下的則是滿地希望的殘渣。她抖了一下，撚緊煙絲，小心地把它裝到小孔裡去，像把自己的心塞了進去；她吹燃紙撚，公公彎過頭，把嘴湊在煙嘴邊，卻沒馬上吸，看了她一會，說：

「薇英，這裡住得好，吃得好，穿得好，不要你操心勞力，就是來我家裡的傭人，也只要待上幾個月，就發胖了，怎麼你反瘦了？」

她沒言語。婆婆接了下去。「你在這裡不稱心吧，公婆是外

人，不及自己的爹娘好！」婆婆有時尖起來像鑽子，丈夫的尖就有些像他母親。她連忙否認，但委屈的眼淚已經奪眶而出，婆婆更是乘機進襲：

「我又沒說你什麼，你就哭了，讓外人得來，還以為我做婆婆的在欺負你呢！」她沒給她道歉賠罪的時間，就氣沖沖地推開椅子站了起來，走了出去，小腳踩在弄堂的石板上，像用木鎚在敲打：咚！咚！咚！婆婆之不讓她親近她，就像丈夫之不讓她瞭解他一樣。當時，她穿的是月白色的府綢旗袍，一手捧著水煙壺，一手捏著紙撚，彎著腰站著：蒼白、纖長、僵呆，就像白銅水煙壺的那根彎彎的長頸子。

她的生活越來越乏味了。她希望丈夫回來，丈夫總是丈夫，但他只能在假期回來；而且像客人一樣，住不多久就走了。有時想回娘家去住，可是回頭一想，自己畢竟已經出嫁了，何況那邊的境況並不好。第二年丈夫在大學畢了業，她著實高興了一陣子。丈夫回來了，還邀來了幾個男朋友以及他們的愛人，四五個男女一關進房子，整個的屋子就充滿了笑聲和鬧聲。她羨慕兩個跟她年齡相若的女人，她們打扮得跟外國女郎一樣，跟幾個男的一同去打球、爬山、划船，甚至有時還去游泳。她們大吃大喝，高聲談笑，跟男人一樣爽朗。她的丈夫很稱讚她們。後來，有一次，他們要去野宴，她也想參加，她穿戴得整整齊齊，夾在他們的中間忙著。那兩個女的便邀請她，她正想答應，不料丈夫在旁邊說：

「她不會這一套，也不愛這一套。」

啊，這麼兩句婉轉輕鬆的話題，就毀滅了她的希望。晚上，

臨睡時，她禁不住問他：

「偉博，你喜歡別人作各種運動，為什麼獨獨不喜歡我去？你待朋友都好，為什麼獨獨待我不好？」

「你配跟她們比？」他翹起的尖尖下巴，就像一柄鋒利的斧頭。「她們都讀過很多書，你斗大的字認識幾擔？」他把下巴放下，斧口正砍在她的心上。

沒有哭，她只問著自己；為什麼她不多念幾年書？為什麼她的家庭在前進的潮流中還拚命地攀附著腐朽的木椿？為什麼偉博不在婚前提出這一點，而在婚後卻這樣無情地傷害她而不同情她？這是一個錯誤的婚姻，錯誤得好像把石子當作雞蛋，放到鍋子裡去煮。他不會愛她的，因為他根本不想愛她。

這一氣，害她生了兩三天的病。就在這期間，那班快快樂樂的客人走了，她的丈夫也走了，她好像在病中做了一場惡夢，醒來時，依然是空寂的房間，空寂的大屋子，婆婆的疾言厲色以及公公的白銅水煙壺！

這個大房子更陰暗、更冷靜了，連屋旁樹葉的颯颯聲也成了嘆息。

三

她也輕哼著……從輕哼中回到現實。此刻，微風正在輕拂，但這不是哀怨的嘆息，而是歡樂的低語，它溜過鳳凰木的葉間，葉子都高興得翩然起舞。她略微覺得有些口渴，彎身拿起放在地上的一杯冷紅茶汁，細細呷著。赭紅色的液體，在白玻璃杯中蕩漾，濃鬱鬱的，像一杯糖酒。她不會喝酒，只有在筱薇出生的一個月中，她喝酒喝得最多。黃酒裡加入了紅糖，大半碗一次，大

半碗一次，一天喝上三四次，簡直把酒當作了茶。說也奇怪，當時喝起來竟然並不難受，喝下後，昏沉沉，熱哄哄，蒙著頭，睡上一大覺，醒來時，渾身舒服。側過臉就可看見嬰孩那紅噴噴的小臉，像一朵嬌麗的玫瑰花。那時候，她的心情很快樂，這孩子帶給她以無窮的希望，好像自己幽黯的前途，突趨光明。她滿以為這個嬌麗的小女兒能夠扭轉夫妻間的感情。只要丈夫愛她的女兒，就可能也愛她。即使他只愛她的女兒，她也不會像以前那樣難受，因為女兒的身上有著她自己的血肉。她生筱薇是二十四歲，滿月後，她就給裹在湖色軟緞披風裡的女兒照了一個相，並且寄了一張給她的丈夫。她等待著，幻想著：幻想著他回信中的喜悅和頌贊。幻想像一幅幅壁畫，把四周都裝飾得富麗輝煌了。

　　但回信來得太遲，遲得已經把等待化作煎熬，把幻想撕成碎片了。一張白信紙，上面寫著幾行大字：「來信和照片都已收到。我高興你生了一個女兒，爸給她起名筱薇，我當然沒有意見。」淡淡的墨水，漠漠的感情，白信紙變成了一張冷面孔，她轉臉看看女兒，睡夢中笑得很甜，她卻一陣心酸，把一點淚滴在無辜的小臉上。他不愛她，她倒還可以忍受，可是她不能忍受他不愛他自己的女兒！

　　盛夏時節，他像往年一樣，回到家來。住了幾天，他抱起女兒，說：「到外婆家去。」這是他第一次自動提議到她娘家去。她覺得一切畢竟好轉了。她是一個容易滿足的女人，只要他能略施小惠，她就會感激涕零。她不是一個自私的女人，只要他能稍微愛她一點，她就能為他犧牲一切。他們坐著轎子去。十幾里的路程不算遠。然而由於多方面的顧慮，近幾年來，她一共只去過

十來次；尤其是一年前，老母的亡故更減少了她歸寧的興致。

那天，天氣特別熱，到達娘家，已近中午。大塊頭父親最怕熱，坐在堂屋裡，穿著白短褲，赤著膊，雖然不斷打著扇，白白胖胖的身上還不斷流著汗，就像見了陽光的雪人淌著雪水。兩個哥哥在面對面地弈棋，看到他們進來，只抬起頭來淡淡地招呼一下，這是因為她的丈夫始終沒有為他們著想，他們以前的計畫全成泡影，真是合上了「賠了夫人又折兵」的那句話。兩個嫂嫂一聽見聲音，便從廚房裡奔出來，尖聲地嚷：「啊呀，小姑姑，這麼久不來啦。貴人多忘事，忘了我們兩個窮嫂嫂啦。」說著，一個搭上她的肩，一個從她手裡把筱薇接過去。表面是親熱，骨子裡卻是妒忌、諷刺。她們還以為她在過著天堂般的生活呢！然後，她們又對她的丈夫說：

「小姑丈，請坐哪，我們家比不得你們家，邋邋遢遢的，孩子多哪。」

說聲孩子多，一幫孩子，大房的三個，二房的兩個，不知從什麼地方鑽了出來。最大的十來歲，最小的兩三歲，一律穿短褲，沒穿上衣，活像一班嘍囉。他們嘰嘰喳喳的，吵鬧得像麻雀，蹦蹦跳跳的，頑皮得又像猴子。他們的母親粗著聲音，瞪著眼睛，這樣把他們趕了出去。這時，她和偉博才開始坐下來。

他們拉拉雜雜地談著，談著，飯菜端上來了。一共兩桌，大人一桌，孩子一桌。嫂嫂預先聲明，因為沒來得及準備，所以只好粗菜淡飯招待客人了。大人的桌上多了一瓶楊梅燒酒，一碗支魚羹，兩盆酒菜：肉鬆和皮蛋。父親喝了酒，話更多了。上了年紀的人，就是這麼悖時，開頭說到偉博從上海回來，不知怎樣一

轉，竟又扯到那幾爿店上去了。她微微蹙了一下眉，她不知關照過父親多少次了，請他不要再向偉博提起這種事，以免雙方鬧得不愉快。但酒卻把一切的思慮都蒸發了，澱下來的，只是那個牢記在心頭的意念。

偉博喝了一口酒，舀了一匙支魚羹到嘴裡，滿口黏糊糊的；他對這，本來不願置答，現在當然更可借此來延長回話的時間了：支魚羹始終留在口中沒咽下去。大嫂說：「怎麼，有刺？」他搖搖頭，這才嘎硌一聲滑下喉嚨去，然後轉臉向她父親說：

「近來，這幾爿店比不得以前了。我雖然在上海，但自己事情忙，也很少去看，所以也不知道詳細的情形怎樣。」

她父親把酒杯一頓，嚴重地說：「哎，原來這樣，不去點督點督，賺錢當然少了。那些人……唉，不是我說，如果店鋪不由至親來照管，遲早……」

她又蹙了一下眉，偉博又吃了一口支魚羹。他低著頭，要答不答，要笑不笑，那副模樣的確叫人討厭。坐在他對面的大哥看在眼裡，心裡當然老大的不痛快，便悶悶地用骨筷去夾皮蛋。骨筷碰上皮蛋，二者都滑，所以夾了許久還是夾不起來。他狠狠地把筷子一放，說：

「嘿，當我什麼人，連這忘八蛋也要欺侮我！」一桌人全向他望去，但他卻忒著眼，看著別處。弦外之音，誰都聽得出來。偉博的臉孔泛白，他向來不肯讓人，冷冷地說：

「大哥，有話明說，何必指桑罵槐的？」

「怎麼？難道我在自己家裡罵不得？你到底是什麼皇親國戚，這麼欺人？」他站起來。

「我倒要問你憑什麼欺人？」偉博也站起來了。

剎那間，飯桌上劍拔弩張，瀰漫著戰鬥的氣息。她左右為難，一邊是哥哥，一邊是丈夫，兩個都不好惹。想了想，還是勸丈夫。她用手拉他，他甩開了她。她說：

「偉博，不要這樣，他是大哥，讓他一句。」

「讓他一句有什麼用？只有我把一爿店讓給他，他就肯讓我十句！」

這一下刺中了對方的心，他跳出凳外。「沈偉博，你不要拿幾爿芝麻綠豆店來臭美，我楊某也看得多了。待你好，還不是抬舉你？」

兩方於是大吵大鬧起來。勸的人雖然比吵的人多，可是依然沒有用，偉博更是有意把範圍擴大，最後竟牽涉到妻子的身上，說他們一家連成一氣，對付他一個人。他怒沖沖地戴上草帽，獨自上路了。

她呆呆地站著，不知自己該不該跟上去。跟上去，怕得罪哥嫂；不跟上去，又怕得罪了丈夫。算了吧，住一夜再走，娘家這條路總也不能輕易斬斷。

不料，第二天一早，丈夫就派人送來了一封信，他開門見山地向她提出離婚。說：女兒歸她，妝奩退還，再給她一筆贍養費。這像是一場迂迴戰，她一點也不知道自己竟成了敵人攻擊的主要目標。她就是這麼可憐，被人利用，被人擺布，像一架秋千，任人推蕩。如果自己真有一個堪資掩護的家，離了婚，也就算了。而這個家，哪容得她插足？即使硬擠進去，但她前面的日子卻還長著哪。縱使她能忍受這種日子，但她怎能忍心讓她的女

兒也去忍受這種日子？她自己的一生毀了也就算了，她可不能連帶毀了女兒！

她站著，覺得自己站在一片荒野上，那裡，沒有一座屋，沒有一株樹，沒有一塊光滑的巨石，也沒有一處平坦的土地。滿地都是荊棘夾著亂石。她要歇一下，或者靠一下，都不可能。假使她要離開這片荒野，唯一的辦法就只有她自己挺身前進。

她站著，慢慢地挺直身子。這多年來，她太軟弱了，只知道依從、忍受，像乞丐一樣，在人家的憐憫下討生活，躲在高牆的陰影下嘆息。她以為軟弱能夠贏得同情，但現在，她才知道贏得人家的同情，除非自己先堅強起來。

她站著，在這大房子的大天井裡，四周是她的那些竊竊私議的兄嫂。她用從未有過的勇氣昂起頭，大聲說：

「好，煩你傳話給偉博，我完全接受他的提議。」

她說完，丟下面現驚異的人們，邁開大步子，穿過天井，回到房間裡，抱起女兒。只一會，就聽見窗口外一片談話聲，是哥嫂們故意趕到那裡說給她聽的。

大嫂說：「啊呦，你們兄弟倆，一定得在公公面前替我說說話，多一個人吃飯，每月就要增加開支，這個家，我實在當不下去。」

二哥說：「大嫂說得對，哪裡還添得起一個人吃閒飯！現在每月的開支也還是東挪西湊的呢！」

二嫂說：「你倒說得好聽，單吃閒飯也罷了，我們還得好好地供養她，人家在那裡是享福慣了的。」

大哥說：「要想享福，就回去，嫁出去的女兒，本來就是潑

出去的水。我從來沒有聽說過，男的要休掉女的，女的連哭也不哭一聲就答應下來。她要面子，就回去當場死給他看！」

她早知道，早知道他們會這樣的呵。她咬緊牙齒，把昨天帶來的一些衣物收進小包袱裡。哥嫂們都走了。不一會，她就聽見父親在大聲地叫喚她。她一手抱著女兒，一手拿著包袱，走到那裡去。

父親的臉在狂怒時也不峻嚴，只是哥嫂們圍著他，把他烘托成一家之主罷了。他說：

「薇英，你真入了魔，你怎麼輕易就答應跟偉博離婚？不要說他沒打你，罵你，就是打你罵你，做女的也只好忍，不能離婚。我楊家是書香門第，容不了離婚的女人，即使我們能容，但你年紀還輕，也不是長久之計。況且，近來家裡的情況，你也不是不明白。」

她突然走到父親面前，跪了下來。「爸，沈家不要我，我也沒有辦法。我也不想吃娘家的飯。如果家裡的人對我還有一點情誼，就讓我住過這幾天，否則，我現在就走。」說完，她站起身來，大家都愣住了，好像看到一個紙紮的人竟走起路來。父親下不了臺，拍著桌子，嚷：

「走，走！我不要你這個傷風敗俗的女兒！」

她就這樣地走了出來──走出了一切親友之間……

四

她安適地坐在鳳凰木下，旁邊是業已成長的女兒。如今她四十六，那時她是二十四，比筱薇現在大一歲。筱薇今年已經大學畢業，而二十四歲時的她，還正以初中畢業的同等學歷投考師範

呢。軟弱的女人一堅強起來，是誰都會驚訝的，連她自己。辦妥了離婚手續之後，她便在離家很遠的一個熟識的農家那裡租了一間草屋，住下來，以有限的時日，準備應考的課程。以後的日子長著哪，她如不自食其力，無異是在走絕路！她就燈夜讀，豆油燈光幽暗、昏黃，朦朧中仿佛是亮在天邊的一顆大星星，又仿佛是女兒的眼睛。她驚覺過來。她不像別人，她去讀書，是只許成功，不許失敗的啊。

師範的秋季第二次新生入學考試中有她，錄取新生的榜示上也有她的名字。她把女兒寄養在農家，啟程上學。農婦抱著筱薇，倚著柴扉，向她道別。她走了幾步，聽見女兒在啼哭，這幾個月大的娃娃已經能認得出母親，依戀母親了。她回過頭來，說：「小寶乖，媽離開你，為的是你。」她往前走，女兒哭得更響了。她不敢回頭。她現在是在荒野上行走，她不能畏縮，不能猶豫，她只有筆直走下去。她屏住呼吸，一直往前趕……。

在學校裡，除體育外，她什麼功課都好。她很少跟一班年輕的女同學在一起。她空下來，總喜歡獨自坐著思念女兒，或者拿著一支鉛筆、一張紙，給記憶中的女兒描繪肖像，一個連一個，畫不完，就如那心中的想念之絲，一根連一根，抽不盡。有時，她白天想久了，晚上就做夢，嚷呀，哭呀；大家都說她有些神經質，她也沒加否認。

學校離女兒寄養的地方很遠，她幾個月都沒回去一次。她的想念越來越深，連上課有時都想到女兒。書頁上都是女兒的影子，課室裡滿是女兒的哭聲，那個訓導主任兼教歷史的吳老師在講臺上叫她。楊薇英！她沒有聽到。楊薇英！她還是沒有聽到。

楊薇英！楊薇英！他在講臺上猛地一拍，她這才驚醒過來。

「站起來，楊薇英！」那個吳老師，年紀約莫三十五六歲，方方正正的臉，濃眉毛，大眼睛，天生一副凜然的模樣。說話響亮、肯切，每個字咬得清清楚楚，斬釘截鐵，沒有回蕩的尾音。「你上課不專心——請出去！」

「我……」她站起來，滿臉通紅，訥訥著。

「請出去，下課到訓導處來。」沒有還價。她穿越兩排課桌之間的狹走道，走向門口去。她覺得那走道越來越仄，擠不過去——前面一定沒有路了，她自己把希望毀了。

下課後，她跟著吳老師走到訓導處。吳老師在辦公桌後面的椅上坐下，說：

「楊薇英，你最近上課老是心不在焉，為什麼？」

「想……！」

「想什麼？你知道，上課不能一心二用！」

「想——女兒！」她把話衝了出去，用力得像拋出一只她拋不動的鐵餅。

「女兒？說清楚些！」

她想了一會。「我是一個結過婚又離了婚的女人。家裡的人都不原諒我。我不得已把女兒寄養在別人家裡，自己來這裡讀書。」

「還有呢？」

「就是這麼一回事，我女兒還沒滿一歲，我想念她。」

他撫弄了一會紅墨水瓶。「楊薇英，」他說。「你很堅強，我希望你好好讀下去。現在，你去吧。」

　　此後，她聽講的確比以前專心多了。吳老師對她也很具好感，並且還常叫她去談話，跟她說，她有什麼困難的地方盡可以問他。她慢慢發覺他本性並不嚴苛，有時還很和藹。他的感情，也如他方方正正的臉孔，平平穩穩，不必擔心它會失掉平衡。他們隔著一張桌子坐著，他的話語依然是斬釘截鐵，濺在桌面上仿佛會鏗鏘作聲，落在她的心上，成了一根金屬的柱子，支撐著她的努力。

　　三年的學校生活簡直比四年的結婚生活還要長。有時，她直以為這日子過不完，她將永遠跟女兒生活在兩個不同的地方；有時，她又會擔心女兒會不再愛她。這樣想時，她幾乎想放棄一切，回去抱女兒。但每當自己有這種念頭時，她便去吳老師那裡，向他訴說，聽他安慰她：三年是會過去的，雖然不短，也不會太長。她又靜下心來，日子流過去了……流過去了。女兒從嬰孩變成四歲的小女孩，她也終於畢了業。

　　那天，她到吳老師那裡去道別。他似乎知道她要來，還例外地買了幾色糖果。他說：「恭喜你，你終於等到這一天了。」她笑笑。他又說：「出了學校，不要忘了學校和老師呀。」

　　她說：「忘不掉的，尤其是你吳老師，我永生感激你。」

　　他並不在這話題上接下去。只問：「你的出路大約沒有什麼困難吧？」

　　「沒有困難，吳老師。去年冬天，我遇到鄰村一個小學的校長，那邊師資缺乏，他要我畢業後到他那裡去。」

　　「很好。如果你有困難，可以寫信給我，我會替你設法——當然，如果你自己想好了辦法，也請寫信告訴我。」

他們說了幾句；她便起身告辭。他像往日一樣，並沒站起來送她。她走到門口，他喊住她：「楊薇英！」

「什麼，吳老師？」

「呃，沒什麼，願你保重。再見！」

她帶了行李，乘船回到女兒那裡。推開柴扉，農婦和女兒都不在家。她打開箱子，把那張文憑拿出來；想到三年中女兒和她所受的痛苦，她不禁淒然淚下。低矮的屋頂壓著她的頭頂，霉黃的稻草一絡一絡地垂下來，晃動得像花轎四邊的五色流蘇。這三個年頭還只不過是她生活的一個開始！她哭著，哭著，身畔忽然有女兒說話的聲音，她彎身把她抱了起來。

她在鄉村的小學校裡做了教師，過著一種自由自在的生活。一天下午，她正在自己的房間裡教女兒認字，突然，門外響起了一陣輕輕的叩門聲，她以為是學生，說：「進來。」門開了，一個人走進來，她驚喜地喚：「啊，是吳老師！」

吳老師穿的依然是那套灰色中山裝，依然是那副表情，他從從容容地坐下，仿佛他依然坐落在他自己辦公桌後面的那張椅子上。「楊薇英，你在這裡很好吧。」

「是。」

「她就是你日夜想念的女兒？」他想把筱薇拉到他的身邊，但筱薇卻掙脫他，逃回媽媽的身畔。他沒有再作第二次嘗試，只說：「她很美，像你。」

她不知怎麼回答，他從來沒有說過這種話，她忙著沏了一杯茶。「不忙，薇英。」他說，他的聲音還是有力而清楚。「我自己知道，我來得太突然。我想問你一件事。自你走後，我就覺得

這事不向你問清楚，是挺愚蠢的。」

她不知道他要問什麼事，不由得慌張起來。「吳老師，寫信問我好了。」

「我不喜歡寫信談這種事。我這人喜歡乾脆、俐落，當面解決。你不要著急，我不會為難你的。我只想知道，在以後漫長的人生路上，你是否會感到寂寞？你是否願意跟一個真正愛你的人攜手前進？」

她沉吟了一會。「我謝謝那個人。或許我會感到孤獨，但這是片刻的，因為我有一個女兒。我已經試著走過了最艱難的一段，我想獨自走下去。」

「很好，你很堅強。我高興聽到你這個肯定的回答。」他的語聲依然平靜，他的感情是內斂的。「我記得你以前的日記中有過一句話，你說，你仿佛是處身在一片無人的荒野上。現在我知道，你是有足夠的堅強穿過它的。當然，如果你需要我幫忙，仍可以去找我。祝你健康！快樂！」他向她告辭，她送他到校門口，他們依然像師生那樣分了手。灰色的身影在田野間越移越遠。她知道她傷了他的心，但她沒有辦法，而且，她知道她怕永遠不會再去看他，她抱起身邊的女兒，含著淚，狠命狠命地吻著她。

她想，這一決定，離現在也有十九年了。從那時起，她一直沒有離開過崗位，雖然也曾換過好幾個學校，且從大陸遷到了臺灣。

她放下茶杯，扮椅上慢慢站起，對女兒說：「筱薇，時候不早了，進屋去吧。」

這個用功的孩子，丟下書本，走近母親。「媽，真對不起，一下午，我都在看書，冷落了你，現在我扶你進去。」她伸手挽住她，她故意把整個身子依在她的胳臂上。

她感到她的身畔迴旋著一股不散的涼風。

● 作者介紹

童眞（1928-），籍貫浙江慈溪，是大陸遷臺的女性小說家。上海聖芳濟學院肄業，1947 年來臺，1993 年赴美。從 1952 年第一篇短篇小說〈大雪天〉到 1985 年連載《離家的女孩》後封筆，這段住臺期間是她完整的創作時期。相較於同時期女性作家，童眞小說創作量並非最多，書寫的主題和人物也不像郭良蕙、聶華苓等引起話題或爭議，她自剖：「寫小說不光是寫故事，我寫的是人物、我的見解、我的人生觀。」以遷臺所見女性和社會議題爲題材，洞察人性，悲憫苦難。

童眞熱愛寫作，寫作的因緣和她的健康、遷臺、家務、婚姻有關。幼時體弱，愛幻想，愛讀翻譯小說。婚後，開始寫作，其夫陳森以「可琢之玉」鼓勵童眞寫小說，是她第一位讀者，也協助出版，夫婦互爲知己。1951 年時，兩歲長子意外夭折，寫小說從興趣變成了寄託。

童眞常以第三人稱的視角寫故事，以臺灣社會城鄉遞變的脈動爲底，一方面寫女性，如新女性的掙扎、男女婚戀、省籍婚姻、家庭遷移或獨身、第三者、養女、雛妓等，寫女性多堅毅犀利、灑脫任性，男性反倒溫和寬厚、優柔寡斷。另一方面，隨夫遷住過新營、光復、橋頭、潭子和溪州等，深入臺灣住居的風物聞見，使她說的故事有別於隔海懷鄉，深具即時的觀察和濃厚的在地情感。

童眞創作小說近三十年，先入手翻譯小說，再寫短篇，後寫長

篇，筆耕出 19 部短篇、7 部長篇和 1 部翻譯小說，1955 年以《最後的慰藉》獲得香港「李白金像獎」，1967 年榮獲文藝協會「第八屆文藝獎章」。作品有《翠鳥湖》、《古香爐》、《黑煙》、《黛綠的季節》、《相思溪畔》、《懸崖邊的女人》、《紅與綠》、《愛情道上》、《霧中的足跡》、《爬塔者》、《彩色的臉》、《車轔轔》、《夏日的笑》、《寂寞街頭》、《寒江雪》、《離家的女孩》等，《夏日的笑》五十萬字是她最長篇的小說。投稿遍於臺港，《自由中國》、《文星》、《純文學》、「聯合報」等。2005 年文史哲出版社新刊《童眞自選集》，尚有過半未刊，可見她筆耕勤厚。

　　1985 年，童眞創作最盛、稿約頻繁之際，以「經常疼痛的右臂和手腕以及時癒時發的胃疾」告別寫作。她刊於 1960 年短篇小說〈穿過荒野的女人〉一題，則屢被女性主義者借爲追尋女性主體的勉語。

4 永恆的場域 ／ 李昂

1

那健身房於是成了一個永恆的場域。

早在暴發的七、八〇年代，減重美容、較大規模世界性品牌的健身房即被引進島嶼來。

然對這新近暴發的島嶼，減重美容、健身房為的還不是健康，噢不！健康尚不是選項，才剛開始吃太多，仍尚未累積過多足以為害的膽固醇、脂肪。這時期要的是美麗，既要有曼妙的身材還得搭配上豐滿的胸部，對東方人相互衝突的這兩者，尤其想要靠減重美容來達成。

之後，暴發後停滯的島嶼經濟，美食多年又必然步入老化的社會，這時候減重、健身房才真正為著健康。

她參加並在此遇見他的，便並非坊間常見的健身房。

它是在連鎖的健身房內，但卻是特別的專區，有自己獨立的小空間，關起門來，外面都不易窺視。裡面是健身房都不常見，常被戲稱為「滿清十大酷刑」的各式器材。

這是個做皮拉提斯（Pilates）的房間，除了一般結合大量瑜伽的運動皮拉提斯，還有他擅長的具復健作用的皮拉提斯。

以善於在艱困地區旅行出名的殷殷夫人，為到抵深藏的祕境長時拉車、走路，如同舞者、運動選手一樣，到了一定的年齡，身上不帶積累下來的傷痛基本上不可能。

回台長住不做那麼多旅行，她有了上健身房的習慣，有回一

聽聞到他可能有的「療效」，來加入他的皮拉提斯課程。

一開始她承認他引動她的好奇。

他叫 Pan，潘，他的原住民血統。

到來了他的時代，做為家中最小的孩子出生在七〇年代末，成長過程中島嶼逐步民主化，原住民成了要政治正確的代名詞，歧視不能說沒有，至少不敢公然地叫「番仔」。

以才華揚名的歌星、運動員，更取得了人人稱羨的財富與名聲，在華人圈甚且是世界性的「台灣之光」。

他因而裝扮留的辮子頭，雖然只在臉面周遭有幾條髮辮，為著方便於工作場域的打理，然也算是公然的一種表態？

他並不忌諱。

雖然他一身偏向蒼白的皮膚，那種已微帶白種人的白。不有著說法：原住民混到了前來島嶼的荷蘭人，五官立體而且膚白。他還不似原住民常會有的武壯和容易肥碩，是高、瘦，勻勻的長身。

她對他的第一眼印象，居然是個 Band 的樂手多過於健身房的教練。

她告訴他過往為他取名 Pan 的老師歧視，也許並非有意，只是一般的刻板印象：原住民一定是充滿原始的野性，像神話裡的羊角潘一樣。

從阿里山下來後，她來上他的課，半開玩笑地說：

「不要那麼洋派叫 Pan，我寧可叫你 Hamo。」

「Homo？」

他反射性地反問。

「哈莫。」她用中文說：「鄒族的創造神。」

Hamo 大神降臨玉山，搖動楓樹果實、葉子，掉落地上長出人，是人類的祖先。另有種說法是 Hamo 大神在土中播種人，人是由泥土中長出來的。

這麼充滿想像力的故事，她說著自己都神飛思馳，也在他的眼中瞥見一絲飛逃過的神采。他或許不像一般學運動的人被以為的那麼少感？！

往後她會拿這來開他玩笑：

「Hamo, Homo, Hamo, Homo，你會是同志的最愛。」

他在 Line 回道：

我不是呀

　　　　　　　　　　　　　　　　健身房是男同志天下
　　　　　　　　　　　　　　　　有沒有同志想接近你

我眼神裡是個真男人樣
以前會有很多不喜歡
不過其實他們沒敵意
我都喜歡吃他們豆腐
他們很開心
我也做功德

　　　　　　　　　　　　　　　　　　我知道你不是

我聞味道就知道了

　　　　　　　　　　　　　　　　　　　做何功德？

味道？

他們平時也難有身材這麼好的人吃豆腐

好噁心

有時候人跟人之間會有一種氣場

你們的制服看不出身材

他們看得出來

因都是男人

他們把我當異性

好說

我看異性不用看裸體也可以判斷身材呀

「我不是同志。」他會說：「但我讓許多同志很快樂。」

在這有大量同志出沒的健身場域，他指的是他的美貌讓同志有愛慕的對象，造福了他們。他一直對自己有這樣自我感覺良好的說詞，半眞半假地用來搞笑。

也每每把她逗笑了。

眞的是很久很久以前，殷殷曾在一場電影的試片裡，見到了一位像神祇一樣金光燦爛的原住民男孩。

而那年輕的男孩，十七歲，長身、高且白，雙眼皮大眼挺鼻薄唇。殷殷乍見，為那男孩輝煌眞能集光聚焦照亮周遭的美所絕倒，多年以來一直保有印記男孩像一位從奧林帕斯山下來的金光燦爛耀眼的神祇。

健身房封閉的空間裡第一次見到 Pan，不知怎地來到殷殷心

中那許多年前只緣一見的年輕的男孩。殷殷更不知為何想到，他就是當年所見的那美絕原住民男孩，只不過是年長了後的模樣。可立刻為自己的念頭感到可笑，那男孩於今至少五十歲，而他明顯只有三十多歲。

而且，雖然同是瘦且白的 Pan，絕對不是這樣金光燦爛的神祇。

他沒有那年輕的男孩美絕耀眼的無瑕美好，Pan 就算臉面俊秀，也布上風霜。他是被揉皺的一張神像圖像，還不是主神，是站在一旁陪伴的小神，還好不是侍童。所有的皺折都落在他身上。

生活的折騰像他自己拍攝的海邊孤樹，不斷地為強勁狂風吹擊。包括的還有他正在歷經的情傷。

即將結婚的未婚妻子，不斷地在要離去，他則努力地要挽回。

他不知道殷殷夫人是誰，他本來就屬於不讀文字的世代，大概只從旁聽聞來她是個文字作者，寫生活性的雜文，主動地同她談他感情能有的發展。

那傷害一定很深，因著他一直不肯吐露關於那未婚妻的細節。

要一些時間之後，殷殷對他有了更多的了解，會發現她對他有太多文學性的原住民苦處的想像。事實上他父親來到平地討生活，娶了平地女人，父母親給了他基本的生活所需和照顧，當然不富裕，也不曾送他進安親班栽培才藝，父母親本身沒受什麼教育，也就不曾強加他一定要讀書。

自小功課不好又愛玩，成了所謂的「放牛班」孩子，國中畢業體育專科，他學跆拳、《易筋經》，加入鄉里的「八家將」搬演，所幸帶領的人真是要回復民俗才藝，並非引入毒品幫派，搬演八家將中受到筋骨傷痛，他們多半還由此學習到了基礎的民間穴道筋絡療法。

來到都市尋求工作，運動在這亞洲的島嶼也逐漸開始，跑馬拉松、騎自行車、鐵人三項形成風潮。他發現健身，這是他能做的，考上教練職照，還因為民間穴道筋絡療法的基礎，他進入具有復健作用的皮拉提斯系統。

阿里山下來，他們繼續上課，也有更多 Line 往來，他貼了他生活中種種相關的照片，該是他在工作上想要拓展的新領域。

她不能不多心這也是一種示意。

便要開展一段猜測，那是否有所可能的情愛，一開始特別會有的所謂曖昧。

被引動的心，寫情感雜文的殷殷夫人，不僅對情愛、對自己也都不陌生，她很快開始先發現到的是快樂。

那健身房於是成為一個永恆的場域。

（她第一次有這樣一對一的教練。）

啊！這是怎樣的機緣，兩個不認識的人，有著最多的相處機會。不論任何一方，不用想盡千方百計只為要見一面，或費心設想如何開口談說。為著上課，他們可以依需要相約，有著理直氣壯的正當性。

他們極其自然地見面，無需強求沒有負擔地「單獨在一

起」，又為健身房做為一個公共領域保護著，不至於有兩人開始相處的尷尬。

他們不見得單獨一對一地在封閉的皮拉提斯教室，還有那大健身房。他會這樣說她：

「妳好像孩子進了一個大的遊樂場，到處去玩玩。整個健身房就像妳的遊樂場一般。」

有一回上完課兩人一起走出來。

身體壯碩的男人在一條鐵槓上翻轉，畢竟不是室外的空間，而是在天花板不頂高的健身房內，男人往上翻飛起來的時候，感覺幾乎是碰觸到天花板，便有著巨大的壓迫。

在一個往上翻起的動作之後，男人還可以維持姿勢倒立在哪裡，只以兩手握著鐵槓。

她看到了，驚呼出聲。

他以為發生了什麼，他們之間良好的默契使他隨著她的眼光立即轉頭，可就這樣一瞬間，他看到的是那男人已翻轉下來，兩隻手拉著鐵桿、懸掛在那裡。

「好像一隻吸血蝙蝠垂掛在那裡。」她為驚呼解釋。

他則說：

「好像看到一隻猩猩、黑猩猩，可以有人類十二歲智力的黑猩猩。」

她笑了起來：

「我們同樣看一樣東西，可是可以這麼不同。」她說：「你一定很愛動物，才會覺得看到一隻黑猩猩。」

他反問她：「妳看到吸血鬼，妳很喜歡吸血鬼囉？！」

她像被觸動一樣，沒有回答。只有逃避地簡單說：

「是害怕。」

他顯然知道這樣被壓制的黑色、莫名的恐懼。根源中的一種害怕，來自潛藏在身體內在最深的，就是害怕。

他說，有意笑著加上：

「我想到黑猩猩，因為黑猩猩是唯一能用腳趾頭比中指的。」

「真的？」

她先傻傻地問，看到他皮皮的樣子，自己也忍不住失笑出聲。

然後伸出手重重地打他，也充分感到他硬實的三角肌回彈。

一陣心神蕩然。

他談他的童年，她以為會說的是那些匱乏的欲求，同學都有機器貓小叮噹、能射出手的無敵鐵金鋼，他沒有。

可他說他很喜歡下雨，小的時候可以坐著看外面的雨，一看看很久，他的媽媽稱讚他是一個乖巧安靜的孩子。

他說在那台灣中部震驚全世界的巨大地震災害後，他經過災區，看到大量的救援物資蜂擁而至，沒有地方儲存也還發不出去，堆在一個空蕩蕩的角落。

「那麼大量的救災物資，看起來像是……」他遲疑了一下接著說：「就像一座廢墟一樣。」

她驚訝於他有這麼特殊的形容能力，笑著對他說：

「你沒有和我一樣來寫作，有些可惜吧！」

　　他明顯地奇怪她會這樣說。他過往接觸到的人事、生活圈，沒有人會認為這些有什麼特別的用處。他不是看小說、聽古典音樂長大，他的生活、生命中，沒有這個部分。

　　她最喜歡同他用 Line 交談，這新近才成為可能藉由書寫的立時往來，他的世代被歸類為圖像為主，他會夾雜不少貼圖和照片，寫文字常不超過三行。可他會有那樣獨特的創造性的詞彙，來自他有那樣的搞笑方式，是她整個養成過程中不會有的。

　　她已經被打敗的是那下雨天坐著看雨的孩子，可他還會說及，回山上看到台灣高山上原生種的野百合，那喇叭狀的花朵張開的花瓣不那麼滿圓，而且葉子尖細長條。

　　他用 Line 傳來一張高山百合花的照片。

　　需要有一種能被風雨穿透的稜角
　　可是更香

　　她看到他，打從心底地歡喜，那快樂使她說話大聲，整個人容光煥發地明亮。

　　在這少有事物能動心的時代，到了她的年歲，有多長時間她不會有過這樣的快樂歡喜？！

　　很久。

　　的確很久。久遠到那到臨的快樂深切達心，迷夢般地深陷其中想要繼續擁有。

　　那巨大的、使得她整個人容光煥發明亮的歡喜快樂，不自覺中，在轉成思念。

　　寫生活雜文的殷殷夫人，不能不發現到這可能的愛。來自於見不到面時，魂飛夢縈的想念，驚心動魄地將與他在一起的任何片段時刻，於心中一再反覆地、無可抑遏地出現，並阻擋了與外在的相關聯，而至於一切聲響影像俱在，但是都蒙上了一層恍惚的薄膜，輕霧繚繞於心。

　　難怪都說愛蒙蔽了心智。愛，果真是可以蒙蔽了心智。除了與他相關聯的一切，既都在，又不真正地存在。

　　她怎麼知道自己魂不守舍呢？很簡單，打開冰箱要拿豆漿，拿出來的卻是牛奶，而且要等到牛奶倒入碗裡，才赫然發現液體的顏色全然不對。（還好，沒有將豆漿倒到咖啡裡面，不過，誰又能說咖啡加豆漿不是時髦的新口味？！）

　　曾做為外交官夫人的她，常得宴客，如果拿的是芝麻醬當作醬油來要烹煮，那麼，怎麼會不知道自己魂不守舍呢？

　　原本以為不必然像《威尼斯之死》那樣地痴心苦戀、那樣地跟蹤跟隨。夜裡於水岸的拱橋、疾病焚燒物件連紅色火花都顯陰重的暗巷轉角，無視於極可能上身的死亡，只為了不能不見到他。

　　就是為了愛。

　　（明知道追尋著的就是死亡。）

　　健身房的每次見面，都喚起新的愛意，回來之後久久不能自已。

　　（只不要再見到他。然可能嗎？）

　　本來以為她留他在身邊是一種平和的慰安，一種至少有著依

靠，飄蕩的心至少有著落的定點，只要不想再有進一步，至少定點會在。

只要停留在這裡，便不致有傷痛。

果真有一個停損點，傷痛不會越界？！

她看著手機「下載」在前跑的線，不到終點不會罷休，那情愛，可會、可曾在中途停留，還是一逕地要往前，不到終點不會罷休？

每回與他再見面，很快地要立即知曉那愛情的不可能，是因著彼此的重大不同，最關鍵的當然是年齡的巨大差距，以及，兩人各有牽絆的感情？

讓這不可能的愛情，就由此淡化消逝，一切本該如此。可為什麼方離開，便要那樣魂思夢想地想念？

她，她們，還有她們前後世代生養在島嶼上的女人，來到了這樣的轉捩點：

更年期。

一開始，她們女人有國外經驗的，都自詡較西方女人更能保顏值。因為沒有深邃的輪廓，魚尾紋、法令紋較不容易進入，不做那麼多戶外曬太陽運動，她們較不顯老。

可不論外表看來如何，更年期無疑是個臨界點。

基本上要到她們前後這世代，才可以開始訴說。即便所謂的女性作者專家，公開自己切身更年期經驗的討論仍不常見，大都是以複數的「她們」來發言。但，至少開始有了公開的談論。

最鮮活、最容易取樣的例子來自瑪丹娜，是的，她們那世代

的「教主」，年輕時引領風潮，步入中年，中年後，維持好身材容貌體力，繼續世界性的巡迴演出事業。

更重要地，與年輕的二十幾歲健身教練公開談情說愛出入成雙。男人小她三十幾歲、近四十歲的年齡差距不是問題。

風尖浪頭，她仍然是 Madonna。

（還是個看來較她們易老的西方白種女人呢！）

「她們」，生養在島嶼上的女人，沒有人公然追隨，也自認沒有能力、社會不會給予這樣的機會。果真，有年長女人養「小狼狗」，也搏取到媒體版面，但由於這少數女人被認為學養、條件不足，只是成為笑柄。

另種說法則更盛行：

自古以來東方有一種面對老去的方式，是人生哲學也是美學：順其自然。

男人除非真到了大齡，自願老去，否則青春對他們差別不那麼大，永遠有替代的錢與權（尤其有威而鋼之後）。得要順其自然老去的，更是女人。這類人生哲學實在容易，不費勁也無需特別努力，不強求逆轉時間抓住青春，一切順勢而為不違逆，便能自由自在。

活在當下自在自得，尋求智慧而非強留青春，但求優雅地老去。

殷殷自然是東方美學的追求者。

（她們這一代的女人基本上都如此。容易而且符合社會成規。）

她，她們不化妝打扮，顯現老化的肌膚、斑點，穿寬鬆的衣服裡面可以包容下垂的乳房、幾層肥油堆累的鬆垮小腹、象一般腫肥的大腿……

直到他成為她一對一的教練。

一開始是要修復拉傷的手臂，接下來她在他的訓練下，不再以常見的瑜伽腹式呼吸，而回復胸部呼吸，她尋回了本來就知曉自身原就豐滿的胸部。皮拉提斯專注於核心肌群，她的腰連帶逐漸有了曲線和線條。

身體的回復，就算不是回春，也一定引動了潛藏蟄伏下來躍動的心。

她先是感受到無比的快樂歡喜。

這快樂歡喜明顯地長趨直入擴展橫行，占據成為中心。寫感情雜文起家的殷殷，不能不驚覺：

萬一，這美好的感覺不能被控制，無盡地往下膨脹、發展，那時要來斬草除根，會不會大不易？

可能否放下、放棄這快樂？緊鄰深淵的，居然是快樂，站在萬丈深淵旁的，是微笑，噢，不只微笑，還真是滿臉的笑，暢快地、快樂地笑。

有這種面臨深淵的方式嗎？

那夜裡她上完教練課回到她在郊外的家，一進入屋內，她聞到若有似無的花香。

茉莉花。

後陽台的茉莉花，因著並非緊鄰著她的臥室，不那麼被注意

到。另個殷殷都不願直接面對的理由：那陽台專屬丈夫的臥房。

如同不少家中有足夠空間的夫婦，到了一定的年齡，選擇分床而睡，為了彼此有更多不被干擾的起居方式、改善已經不佳的睡眠品質。殷殷和丈夫不僅分床，而且有各自的臥房。

尤其是年紀大許多的丈夫，晚近身體明顯地頹敗下來。

在派駐的所謂落後地區的大使官邸，偌大、使用不盡的一個又一個房間，常年來經常性的在外旅行，出發與回來晨昏不確定的時間，殷殷習慣性地擁有自己的臥房。

倒不是那些女作家們強調女人要有「自己的房間」（A Room of One's Own）。

她一向有自己的房間，始自她中台灣被稱道的家世。

這茉莉花不在自己的房間，在家中丈夫的臥房後陽台的另一端。殷殷都還留意到茉莉花，在開花。

她聞到它的香味。

那種在陽台花盆裡的茉莉花，已買來一段時間，並非花農新顧好的枝繁花茂。小小瘦弱的茉莉花，得開多少朵，才能夠引起注意，它的香息也方能夠傳遞出來？！

對小小的茉莉花，克服距離，就算只是每一尺一寸的距離，都是一次又一次嚴苛考驗，削減弱化的香味，更是一點一滴地抑減。

而只有在愛的人，才會發現那小小的茉莉花開，甚至不需要開太多朵，只消是花開，只消有香味傳出來。

殷殷在仍是盛暑的九月底中聞到那素有「六月茉莉」的茉莉花香味。

● 作者介紹

　　李昂（1952-），原名施淑端，彰化鹿港人，是戰後臺灣省籍第一代女性小說家。中國文化大學哲學系畢業，美國奧勒崗大學戲劇碩士，1978 年返臺，任教文化大學。2004 年法國文化部頒予「法國文化藝術騎士勳章」，是華文當代女作家中最早獲此獎項者。2019 年 2 月國立中興大學成立「李昂文藏館」對之致意。她數十種小說屢獲大獎，有近二十種譯本，是臺灣目前譯文最多的文學作品。

　　以「李昂」自命，「李」是母姓，「昂」意指「昂首挺胸」。出身鹿港富裕的文學家庭，父親使她不必為錢寫作，也在姐姐施淑女作文學評論、施叔青寫小說的前行示範下，1968 年，16 歲在《中國時報》發表〈花季〉，初展文采，大三那年更確立了「創作」是值得一生整身投入的事。

　　李昂創作可分幾期：

　　高一至大一（1968–1972），從現代主義文學出發，寫〈花季〉，文名即響。

　　1973 至 1983 年，1973 北上，使她真正開始「刻意」意識到自己是女性，也尋根鄉土，有《鹿城》、《殺夫》、《人間世》等。

　　1984 至 1986 年，寫都會中產階級之愛，有《暗夜》、《一封未寄的情書》。

　　1987 至 2000 年，寫性別政治或國族認同，有《迷園》、《北港香爐人人插》、《禁色的暗夜》、《自傳の小說》、《看得見的鬼》、《花間迷情》。

　　2007 至 2016 年，多寫食物，有《鴛鴦春膳》、《在威尼斯遇見伯爵：李昂的極致美食之旅》、《愛吃鬼的秘徑》、《愛吃鬼的華麗冒險》等。

　　本篇〈永恆的場域〉錄自李昂 2017 年出版，力寫情欲的長篇小

說《睡美男》。李昂，無疑是臺灣女性作家中以顛覆的姿態而「很敢」寫的一位。她品評自己的寫作是「應該有一條創作路線，既可以是偉大的，也是女性的，而女性文學也不再只被認為是小品、閨秀。」這樣的文學觀，使她在 1983 年中篇小說〈殺夫〉響動文壇和社會，既獲《聯合報》小說首獎，更備受爭議。

　　李昂的小說，辨識度極高，她認為「表現真實」是作家的基本道德，因此問題意識敏銳而強烈，不避禁忌，手法寫實，善用衝突、對立或對照，著力寫性、權力、食物和國族，立意披露人性本質和社會制約──「男女之愛和飲食之欲」，既是她創作的初衷，更是她作品鮮明的主題。在她小說故事中，情欲書寫或性書寫一直極受評論，她則指出女性感情與感覺並非次等，要緊的要看到書寫的背後深意，由此，「性」足以指點出人性底層、權力結構和社會問題，甚至是展露壓抑或批判社會。

　　李昂的作品，先小說而後散文，寫男女、鹿港、鄉土、政治，近年寫飲食和情欲。伸筆之中，她亟欲呈顯的仍然是，不論這個女性是誰或是老少妍媸，女性主體就是她個人的自我、自覺、自主。

肆、問題與討論

1. 蓉子〈我的粧鏡是一隻弓背的貓〉一詩使用暗喻手法訴說「我的形象變異如水流」，請說明詩人變異及真正的形象各代表什麼？是什麼原因造成這樣的轉變？

2. 顏艾琳〈探測一朵蘭花的心意〉一詩，其中的「蘭花」是使用借喻的手法來形容女子，詩中如「蘭花」的女子其形象及心意如何？

3. 童真〈穿過荒野的女人〉，故事情節的因果關係是怎麼開場、出人意外，到最後結束？

4. 童真〈穿過荒野的女人〉女性人物楊薇英「挺身前進」，她用了哪些方式來離開猶如荒野的處境？她遇到的困難，以現代而言，這些困難還會存在嗎？

5. 請從李昂〈殺夫〉到其近作《睡美男》，分析作品中兩位女性人物陳林市、殷殷夫人的同異。

6. 川端康成以〈睡美人〉寫老年男性的情欲，李昂則以《睡美男》寫熟年女性的情欲，兩位作家都在敘寫人性，請分析作家在人物、情節或手法的設計。

7. 請以真實世界的女性成長軌跡來分析迪斯尼卡通從「白雪公主」、「灰姑娘」到「花木蘭」、「冰雪奇緣」的女性角色的形象演變。

8. 張愛玲在《傾城之戀》說：「一個女人，倘若得不到異性的愛，就也得不到同性的尊重，女人就是這點賤。」你同意這樣說法嗎？

伍、寫作引導

　　童真〈穿過荒野的女人〉寫於 1950 年代，李昂《睡美男》寫於 2017 年，兩位女性人物，楊薇英爭強奮鬥、脫離男性而人格獨立；殷殷夫人則以愛為名，已屆熟齡而勇敢承認對青春男性的眷戀。從長遠的過去，直到現在，不同時代，女性被規範或能夠爭取的，也不盡

相同。時代遞進，女性或性別的處境也在改變，請就眼見身處的周圍
訊息中，觀察關於女性或性別的情況。

陸、活動與作業

請於以下二題擇一進行小組簡報：

1. 請選定一位家族的女性長輩，進行採訪，為「她的生命」寫歷史，
   如她的性別角色，隨著時間有否變動？其成因和影響為何？
2. 人們往往對工作懷有性別成見，例如消防員是男性，護士是女
   性，教師多半是女性，醫生多半是男性等，請訪談一位顛覆這種性
   別成見的個例，瞭解其志向的成因及性別成見是否曾造成任何影響
   或阻礙。

柒、延伸閱讀

1. 夏宇（1991）。《腹語術》。臺北：現代詩季刊社。
2. 女性權益促進會策畫；江文瑜編（1995）。《阿媽的故事》。臺
   北：玉山社。
3. 畢恆達（2005）。《空間就是性別》。臺北：心靈工坊。
4. 維吉尼亞・吳爾芙（Virginia Woolf）原著；張小虹導讀、鄒蘊盈繪
   圖（2011）。《女性書寫的逃逸路線：自己的房間》。臺北：大塊
   文化。
5. 李元貞（2014）。《眾女成城：台灣婦運回憶錄》。臺北：女書文
   化。
6. 陳育虹（2016）。《閃神》。臺北：洪範書店。
7. 維吉尼亞・吳爾芙（Virginia Woolf）原著；宋偉航譯（2017）。
   《自己的房間》。臺北：漫遊者文化。
8. 施舜翔（2018）。《性、高跟鞋與吳爾芙：一部女性主義論戰
   史》。臺北：臺灣商務。

9.國家圖書館「當代名人手稿典藏系統」，網址：http://manu.ncl.edu.
tw/nclmanuscriptc/nclmanukm。

捌、相關影片

1.雷利・史考特（Sir Ridley Scott）（導演）（1991）。《末路狂花》（Thelma & Louise）。美國：Metro-Goldwyn-Mayer, Inc。

2.史蒂芬・戴爾卓（Stephen Daldry）（導演）（2003）。《時時刻刻》（The Hours）。美國：Paramount Pictures Corporation。

3.妮琪・卡蘿（Niki Caro）（導演）（2005）。《北國性騷擾》（North Country）。美國：華納兄弟。

4.尚-馬克・瓦利（Jean-Marc Vall?e）（導演）（2015）。《那時候，我只剩下勇敢》（Wild）。美國：Pacific Standard。

5.莎拉・加夫隆（Sarah Gavron）（導演）（2015）。《女權之聲：無懼年代》（Suffragette）。英國：Film4 Productions。

6.西奧多・梅爾菲（Theodore Melfi）（導演）（2017）。《關鍵少數》（Hidden Figures）。美國：Twentieth Century Fox Film Corporation。

第 *3* 單元

現代與
後現代主義

壹、教學目標

（一）學習本單元，使學生認識現代主義與後現代主義的主要思想。

（二）使學生掌握臺灣現代主義文學發展的脈絡。

（三）閱讀賞析文本，使學生瞭解文學與現代心理的關係。

貳、知性時間

　　討論本單元「現代與後現代主義」選讀作品之前，我們先介紹「現代與後現代主義」主題知識。

（一）「現代與後現代」概念

　　「現代」（modern）一詞來自西方，它代表一種時間意識，旨在標榜一種新的潮流，以與過往的舊傳統作出區分。這個詞起源於西元5世紀。當基督教成為羅馬帝國的國教後，基督徒為了稱呼這個有別於之前羅馬異教的嶄新時代，自稱「Modernus」，意指先前的羅馬人和外教人是舊時代的人物，而他們則是新時代人物的代表。從此，「現代」這個詞就有著某種比前一個時代更具優越性的意涵。

　　近代西方「現代」文學與藝術概念統稱「現代主義」（Modernism）。它的起訖年代從 19 世紀末年至 1960 年代。這些作家稱作現代派「Modernist」，他們不受傳統人文思想拘束，具有一種強烈的自覺性風格，希望能為現代生命找到精神上的出路，創作手法具實驗性與創新性。激進的現代派創作家甚至將現代視作未來。20世紀以來的創意設計，深受第一次未來主義宣言（1909/2/20）影響。此項宣言強調：反保守、反無趣、誠實作自己，就是一種美與創意的表現。

　　「後現代」（postmodern）一詞的普遍運用，與西方後工業社會現象息息相關。「後工業社會」（post-industrial society）指的是 1960

年代以來歐美工業社會轉型後的現代社會。這個社會的產業結構與知識型態屬於第三次工業革命的產物，其嶄新的社會面相及科技：服務業經濟、資訊經濟、原子能與太空科技、分子生物學、遺傳工程應用技術等，讓歐美人士開始從文化、哲學、文學、藝術等構面，廣泛地思索現代社會的新走向及其困境，遂於 1970–80 年代形成一股國際思潮。這類論述與創作統稱「後現代主義」（postmodernism）。「後現代」不是現代的結束，而是現代的轉向。「後現代」不僅繼承了現代那種自覺性思惟，以及標新立異、不可妥協的反動精神，也讓現代與後現代之間，形成交錯共生的關係。

（二）臺灣「現代與後現代」文學發展

　　1935 年 10 月由楊熾昌等人成立的《風車》（*Le Moulin*）詩刊，將法國超現實主義（surrealism）詩風引進臺灣，是臺灣現代文學的先驅。由於這類現代文學作品得不到當時文學界的理解，使得該詩刊僅發行四期就停刊。

　　臺灣現代派文學的興起是在 1950 年代。新詩的「現代」化要比小說早。「藍星詩社」（成立於 1954 年）、「創世紀詩社」（成立於 1954 年）、「現代派詩社」（成立於 1956 年）是臺灣三大現代派詩社。這一時期的現代派作家跟前述作家楊熾昌一樣，將西方現代主義的理論與創作奉為圭臬。例如 1956 年 2 月「現代派詩社」成立時宣告的《現代派信條》，第一條便開宗明義稱：「世界新詩之出發點乃是法國的波特萊爾。象徵派導源於波氏。其後一切新興詩派無不直接間接蒙受象徵派的影響。這些新興詩派，包括 19 世紀的象徵派、20 世紀的後期象徵派、立體派、達達派、超現實派、新感覺派、美國的意象派、以及今日歐美各國的純粹詩運動。總稱為『現代主義』。我們有所揚棄的是它那病的、世紀末的傾向；而其健康的、進步的、向上的部分則為我們所企圖發揚光大的。」1970 年代起，陸續有人對這種移植西方現代主義的創作風潮提出批評，引發現代詩論

戰，新詩創作因此逐漸回歸反映時代及社會現實的寫實路線。

　　1950 年代是臺灣現代派小說的起步階段，臺灣小說界邁入以現代派爲主流的創作階段是在 1960–70 年代。這可從創刊於 1960 年 3 月的《現代文學》雜誌一窺究竟。首任主編是白先勇。此刊物有系統地引進西方現代主義的理論和作品，並刊載臺灣現代派小說，前後歷經 20 餘載，出刊 73 期，是探索臺灣現代主義文學發展的重要史料。《現代文學》鼓勵創新，讓投稿者有很大的創作空間，最大的貢獻，在於發掘培養臺灣年輕一代的小說家。例如白先勇、王文興、歐陽子、七等生、蔡文甫和李昂等，這些都是臺灣現代派小說界的知名作家。

　　1980 年代的臺灣文壇出現後現代作品，臺灣的後現代文學與現代文學一樣，都是受歐美文學潮流影響。新詩方面，1984 年夏宇自費出版的詩集《備忘錄》，被視爲臺灣後現代詩集的佳作。1986 年 4 月 23 日羅青在《自立晚報》副刊發表〈一封關於訣別的訣別詩〉，則是被視爲「臺灣後現代主義的宣言詩」。小說方面，1985 年黃凡以〈如何測量水溝的寬度〉短篇小說造成轟動，開啓了長達二十年，臺灣「後現代文學」的風潮。

（三）現代文學與現代心理的關係

　　如前述，現代文學與後現代文學均是一種自覺性思惟的展現。這種體現自我的訴求，有的是對現代人如何因應現實存在（existence）所產生的焦慮感進行反思。例如 1938 年法國哲學家沙特（Jean–Paul Sartre, 1905–1980）發表的《嘔吐》（*La Nausée*）小說，其主角 Antoine Roquentin 即是一個對現實中「留下一股怪味」的諸種思想提出批判的人物。有的是思索現代社會制度對個人生命的戕害，例如 1942 年法國作家卡謬（Albert Camus, 1913–1960）發表的長篇小說《異鄉人》（*L'Étranger*），主角 Meursault 被不可預料的不幸捉弄，最後在「荒謬」的審判中喪失生命。這類作品稱爲存在主義

（existentialism）文學。有的是表述現代人的心理情緒，在作品中展現敘事者大量的內心獨白與聯想。這類文本稱爲意識流（stream of consciousness）文學，以小說爲主。意識流的作品具有以下三項特徵：

(1)著重心靈世界的描述：意識流的作品不側重外在事物與外在行爲的描述，轉而加強作品人物內心世界的闡述。

(2)凸顯心理時間：意識流的作品所強調的時間雖然只是人生的某一個片段而已，可是當作品人物游思方外的時候，他腦中所想的卻是一生以來經歷過的各種經驗或創傷。

(3)展現刹那間的頓悟：人的特徵之一，在於擁有複雜的自我概念，這些概念往往在扮演不同性質的角色中呈現。如何統合這些角色而清楚眞正的自己，通常藉由「自我核心」（core self）的觀念予以釐清，讓人在時空變換、角色互異，以及人欲橫流的情況下維持不變，保有眞正的自我。意識流的作品經常交待這種自覺的歷程，讓作品人物在刹那間有所領悟，獲得了智慧也修正了錯誤。

至於後現代主義作家慣以去中心化（decentration）的手法，凸顯現代人自由選擇的意志。後現代主義解構了人類的一切規範，它不僅調侃英雄，也挑戰權威，通過分散張力和由不同中介造成的意義散播（dissemination of meaning）以及形勢和關係的多元化，提供各種非典型文本（writerly text）的意義鏈，以邀請讀者一同加入創意發想的行列。

參、閱讀文本

1 吃西瓜的六種方法 ／ 羅青

第五種　西瓜的血統

沒人會誤會西瓜為隕石

西瓜星星，是完全不相干的

然我們卻不能否認地球是，星的一種

故而也就難以否認，西瓜具有

星星的血統

因為，西瓜和地球不止是有

父母子女的關係，而且還有

兄弟姐妹的感情——那感情

就好像月亮跟太陽太陽跟我們我們跟月亮的

一，樣

第四種　西瓜的籍貫

我們住在地球外面，顯然

顯然，他們住在西瓜裡面

我們東奔西走，死皮賴臉的

想住在外面，把光明消化成黑暗

包裹我們，包裹冰冷而渴求溫暖的我們

他們禪坐不動，專心一意的

在裡面，把黑暗塑成具體而冷靜的熱情

不斷求自我充實，自我發展

而我們終究免不了，要被趕入地球裡面

而他們遲早也會，衝刺到西瓜外面

第三種　西瓜的哲學

西瓜的哲學史

比地球短，比我們長

非禮勿視勿聽勿言，勿為——

而治的西瓜與西瓜

老死不相往來

不羨慕卵石，不輕視雞蛋

非胎生非卵生的西瓜

亦能明白死裡求生的道理

所以，西瓜不怕侵略，更不懼

死亡

第二種　西瓜的版圖

如果我們敲破了一個西瓜

那純粹是為了，嫉妒

敲破西瓜就等於敲碎一個圓圓的夜

就等於敲落了所有的，星，星

敲爛了一個完整的，宇宙

而其結果，卻總使我們更加

嫉妒，因為這樣一來

隕石和瓜子的關係，瓜子和宇宙的交情

又將會更清楚，更尖銳的

重新撞入我們的，版圖

第一種　吃了再說

● 作者介紹

　　羅青（1948-），本名羅青哲，生於山東青島，1949 年隨父母來臺，為著名詩人及畫家。畢業於輔仁大學英文系、美國西雅圖華盛頓大學比較文學研究所碩士，曾任教於國立臺灣師範大學，並任東大書局滄海美術叢書主編。1969 年開始發表新詩、散文，1972 年出版了第一本詩集《吃西瓜的方法》。余光中在〈新現代詩的起點——羅青的《吃西瓜的方法》讀後〉一文中，稱讚羅青的詩作是「新現代詩」的起點，羅青開始在文壇展露頭角。

　　羅青創作豐富，頗獲好評。1974 年獲頒第一屆中國現代詩獎，1975 年與友創立草根詩社，出版《草根》詩刊。1996 年獲《鹿特丹國際詩人》推薦獎。詩集有：《吃西瓜的方法》、《神州豪俠傳》、《捉賊記》、《水稻之歌》、《錄影詩學》、《少年阿田恩仇錄》、《一本火柴盒》；詩論集有：《從徐志摩到余光中》、《詩的照明彈》、《詩的風向球》、《詩人之燈》、《詩人之橋》、《詩魂貫古今——荷馬史詩研究》等。

　　羅青在 70 年代寫的〈吃西瓜的六種方法〉是否是臺灣第一首後現代詩，是一個待解的問題。但這首詩具有後現代特色是無庸置疑的。這首詩具有後現代主義的遊戲、文本開放性、反同一性等特點。詩題說吃西瓜有六種方法，但在文本裡卻又只列出了五種，看不見第六種方法，顛覆了傳統詩歌作者的權威，也顛覆讀者被動接受或理解的習慣。詩行的組成靈活多變，語言拼貼錯位，形成一種陌生化效果。

2 超級馬利 ／ 鴻鴻

義大利人馬利歐

出門旅行

遇到貓頭鷹

就跳過去

遇到鴨子

就踩死

遇到牆

就撞

撞出蘑菇

就吃

吃了蘑菇

可以長高

吃了星星

就趕快跑

馬利歐

上街購物

「對不起，這裡不能停車」

「我是義大利人

不太會說法語

我住在

一對老夫婦家裡」

這是初級班第二課的教材

馬利歐把車開走

他遇到一隻狗

跟在他後面

他去喝豬肝湯

分給狗一塊

在十字路口

他迷了路

遇到一個小女孩

「颱風就要來了」

小女孩騎著單車

也得快回家

大鼻子的

義大利人

粗手粗腳

把狗抱給她

馬利歐記起昨晚的夢：

「不要與牠接吻

在牠變成王子的那一刻

你的嘴唇

會接觸到

兩種不同的語文」

但是世界上不一定有

那麼多忠實的翻譯者
你如何決定
該不該吻一個人？

馬利歐拼命跑
碰到地鐵
就鑽
碰到火彈
就躲
碰到章魚
就扔石頭
碰到公主
就救

他回頭
眺望
「我走過許多冤枉路
我吃過苦
也做過夢
如今我進入城堡
但是我的兄弟
路易吉呢？」
他不知道
路易吉正努力跟上來
還是在前幾局就死光了

他也不知道

一得到公主

遊戲就結束了

註：Mario 與 Luigi 是電動玩具的一種，通稱「超級馬利」。

● 作者介紹

　　鴻鴻（1964– ），本名閻鴻亞，出生於臺灣臺南，現居臺北，畢業於國立藝術學院戲劇系，為知名詩人、導演、表演藝術創作、評論者。1982 年學生時代即加入「漢廣詩社」，曾任《現代詩》、《現在詩》主編，2008 年創立風格特異的《衛生紙+》詩刊，並多次擔任臺北詩歌節、新北市電影節之策展人。

　　鴻鴻早期詩作雖呈現後現代主義風格，然詩材取自日常生活，瘂弦形容其詩有一種自由和快樂的氣息，有時以狡黠幽默、敏感冷峭包裝深情。鴻鴻近年關注社會不公不義事件，自云：「我的寫作是一種街頭書寫，也是社運現場的記錄。」1993 年出版第一本詩集《黑暗中的音樂》到近年關注社會、政治議題的詩集如《土製炸彈》、《暴民之歌》、《樂天島》等，可見其一貫堅持的入世精神。詩作屢獲大獎肯定，如時報文學獎、聯合報文學獎新詩首獎、第三十六屆吳三連文學獎得獎人等，其創作類項也十分多元，除了詩集外，尚有散文、小說、電影和舞臺劇劇本，文創能量十分豐沛。

　　這首〈超級馬利〉發表於 1987 年《曼陀羅詩刊》第 3 期，是鴻鴻 23 歲時的作品。馬利歐兄弟是日本任天堂開發的一系列熱銷、長壽的電子遊戲，陪伴了許多人的成長。本詩諧擬遊戲，以遊戲喻指現實，遊戲人物與現實人物擁有共同的日常生活經驗，如購物、停車、吃豬肝湯、迷路……，這些平凡、瑣細、零散的事，如真似幻，表現出後現代「嬉戲」與「嘲諷」的特色。

3 如何測量水溝的寬度 ／ 黃凡

1

不管怎麼說，測量水溝永遠不會是個有趣的話題。當我們用言語來娛樂朋友時，最常被提到的是：男女關係、經濟、醜聞、電影和笑話。我們咀嚼著機智的字眼，舌頭舔著幽默的嘴唇，然後收縮一下聲帶，藉以發出各種不同波長的聲音，這些聲音如果是有組織的、有意義的、或者有趣的，我們便稱它為話題。

是的，我也有一大套專門對付那些浮面傢伙的話題。除了前面提到的那幾項外，我的話題尚包括了天氣、藥物和貝殼（我收集這種東西，有滿滿一抽屜）。聽我說話談不上享受，但也不會是種苦刑；除非我一不小心溜了嘴，提到如何測量水溝寬度這回事。通常對方的反應是臉部肌肉突然地拉緊，唇邊線條加深、瞳孔放大、組成一副不可思議的表情。這種表情具有強烈的諷諭效果——我立刻收回底下的話。

至於本文的題目——如何測量水溝的寬度。這個問題一般人可以接受的答案是個反問句：

你如何測量靈魂的寬度？

此一形式的問答常見諸學院派的形上論爭中。例如：

「上帝在那裏？」

「人在那裏？」

或是禪宗的公案：

「求師父給我一個安心的法門。」

「你拿心來，我就給你安。」

　　然而，機鋒一不留心就會淪為逞口舌之利，這是我必須極力避免的。何況靈魂與水溝絕對不能相提並論，即令它們有某種關連性存在。這個關連性，坦白說，就是使我夜裏輾轉的主因。

　　如何測量水溝的寬度？如何測量靈魂的寬度？為什麼我如此熱衷這個問題？為什麼我始終無法擺脫這個習慣——隨時隨地想要「測量水溝的寬度」。

　　在這座城市，蛛網一樣遍佈著各式各樣的水溝，有圳、大排水溝、下水道，以及終年發散著臭味的小陰溝。我問過市府工務局本市到底有多少道水溝，他們答不上來。「你為什麼不去找環保局？」我於是打了四通電話，終於有一位小姐很客氣地說：「先生，你怎會想要知道水溝的數目？」我告訴她，這件事總得有人關心。水溝是城市的排泄管，就像你我的肛門，沒有人喜歡談論它，但總得有人關心。何況它們正迅速地自我們的視野內消失，像蚯蚓一樣隱入地層，在我們的腳底下喘息著、呻吟著、蠕動著，如果可能，還會打個嗝，臭氣便從柵欄型的水溝蓋縫隙衝出。但即使這種能讓你稍窺地底世界的溝蓋，也逐漸被密閉式的混凝土製品所取代，此類製品能夠承受數頓重的卡車和大象，能偽裝成高級路面，成為維護都市景觀的無名英雄。所以，總而言之，我們中間必得有人出來關心這件事。

　　「什麼事？那一件事？」

　　「聽著！第一個問題：本市有多少水溝？第二個問題：妳們用什麼方法測量它的寬度？」

　　「第一個問題：我不怎麼清楚。第二個問題：我猜他們是用皮尺量的，一定是這樣，我看過修水管工人……」

「小姐，」我打斷她的話，「你壓根兒就沒搞懂我的問題，我是說水溝，不是水管。」

然後，我又將我那一套水溝正從我們的視野內消失，而居然沒有人關心的看法重述了一遍。

但是，不論我如何努力，話筒另一端的小姐還是沒法子弄懂，她喃喃地說了些抱歉之類的話。

「抱歉的應該是我，」我掛斷電話，「一有答案，我第一個通知妳。」

於是我有了個想法，那就是，除非我從頭說起，否則沒有人會理解這件事，更遑論它的重要性了。

2

一九六〇年五月卅日，這一天我們打算去測量水溝的寬度。

我們有五個人。

我，一九四九年出生，七一年大學物理系畢業，七六年進入彩虹花生醬公司，一直待到今天。不少人問我，為什麼選擇花生醬，而非沙茶醬。據他們說沙茶醬遠景看好，這跟台灣人冬天吃火鍋有關等等。我的回答是，童年時我讀了一篇許地山的文章「落花生」，深受感動，他說「作人要學花生」。八〇年，老闆覺得花生不能滿足他的需要，遂決定投資製鞋業。一年後，彩虹公司已經能夠用豬皮製造足球鞋，並和一支球隊簽約，免費供應全年足球鞋。老闆同時希望我替他賣鞋子，我沒辦法回絕，便從花生醬製造部經理調為運動鞋營業部副理，這其中的差別正如許地山從一位歌詠花生的作家變為保險業推銷員。也就在同一年，

我開始寫起詩來，寫了一陣子又改寫科幻小說。第一篇作品發表在一家晚報的副刊，是關於一種八爪外星生物穿鞋子的故事，因為長了八隻腳，穿鞋子便成為一件複雜的事。可惜這篇小說並未引起注意。事實上，這篇小說構想完全來自老闆，有一天，他感嘆地說了這麼一句，「為什麼一個人只能有兩隻腳，不能有四隻腳、六隻腳？」總而言之，我熱切地期望成為一位受人尊重的「科幻小說家」，雖然至今為止一共完成三篇作品。

賴曉生，和我同年紀，一九七五年突然從南部某個地方寄給我一張明信片，此後下落不明。

曾一平，我對這個人記憶模糊，印象中他是我們這群人中身材最高的，老是走在後頭。

盧方，一九七六年死於車禍，我剪下這段新聞，夾在小學畢業紀念冊裏。那是一場大車禍，盧方搭乘的巴士在平交道上被火車攔腰撞上，斷裂的車體金屬成為致命的利器，六具碎裂的屍體散佈在一百公尺長的鐵軌兩側。

陳進德，唯一與我接觸上的小學同學。一九八一年我調到運動鞋部門後的一個晚上，我突然心血來潮，打開電話簿，同樣的名字出現八個，我不厭其煩地撥電話，終於找到他。

「謝明敏，你記得這個名字嗎？」

「謝明敏？」

「廿一年前，清平國小六年四班。」

沈默。我看著名單上剩下的兩位陳進德，準備放棄。

「啊！你是——你真的是——」

我們約好第二天見面。

在一家西餐廳，我用廣播找到他。我們毫不猶豫地伸出手，他的手掌肥厚溼潤，像只橙子。

「唉呀！」他猛力搖著我的手，「想不到，真想不到……」

我們點了兩客炸雞全餐，那些雞塊炸得香噴噴的，金金黃黃的油汁從陳進德肥厚的下巴淌了下來，他抓起餐紙，用力擦著。

「你怎麼曉得我喜歡吃這玩意兒？」

「你忘了嗎？來這裏是你提議的。」我笑著說。

「其他人呢？你都聯絡了嗎？組個同學會怎樣？每年聚會那麼一兩次？」

「賴曉生搬到南部，曾一平不清楚，可能出了國。盧方幾年前死於一場車禍，你呢，在那兒得意？」

陳進德告訴我，小學畢業後，他讀了兩年初中，然後開始遊蕩。這期間他幹過小工，替賣膏藥的跑腿，拉保險，現在經銷中古車和賣二手貨汽車零件。

「你呢，看來混得不錯，怎麼樣？搞理髮廳是不是？」

「在一家運動鞋工廠混口飯吃。」

「愛迪達還是彪馬？」

「彩虹，滿有名的，每星期一、三、五都在電視上作廣告，你一定看過，先是一道彩虹，然後我們的鞋子就從彩虹的一端走向另一端，很有趣，你一定看過。」

陳進德顯然沒注意到這個廣告，他搔著頭，眼珠子轉了轉，之後揮揮手，改變話題，「你昨天說的大水溝，我好像有這麼個印象，不過，我們到臭水溝邊幹嘛？」

「大夥兒想要——」我換了個姿勢，「測量水溝的寬度。」

3

一九六〇年五月卅日，這一天，我們打算去測量水溝的寬度。

但正如推理小說家林登所說，「故事在眞正發生之前，已經在暗中進行好一段時間了。」因此，我必須從這一天的清晨開始說起，讓大家看看測量水溝的動機究竟如何發生的。

五月卅日清晨，氣候：應該是個晴朗的天氣。

「給我五毛錢！」

「作什麼？」我父親說，「昨天不是才給過你。」

「買簿子。」這是老套了，我已經準備好一本只寫了兩頁的簿子，剩下的工作就是把那兩頁撕掉。我父親是個善良的人，嗜好酒和胡琴，但這兩件事不能湊在一起。我父親作古許久，我還保存著他的照片，每張照片裏他都咧著嘴笑，好像知道日後他的兒子會在一篇小說中描述他的笑容。不知道為什麼我一直覺得虧欠他。

〔讀者諸君如果對他發生興趣，可以寫信到這個地址——台北市忠孝東路四段五五五號聯合副刊。（我預備把這篇文章投給這家報紙。）〕

接著，我便興高采烈地帶著錢到學校。第三節下課時，我已經用掉了三毛錢。最後一毛錢，我給了個叫「金魚」的女生，她可能是全校最窮的女生，我給她一毛錢，她讓我把手伸進麵粉袋改良的裙子裏。

許多年後，我告訴同居的女友這個故事（當然男主角不會是我），她很生氣，認為我所以編造這麼個故事，純粹是受了社會

版新聞的影響。

「你看多了色情、暴力的報導。」

「不騙妳，」我說，「這個女孩目前在電視台播報新聞。」

「胡說八道！」

（我們為這件事大吵一場，三個月後，她離我而去，臨走前丟下了一句話：「妄想狂！」我本來打算一輩子不原諒她，但是當我寫到這裏時，我忽然原諒她了。由此可見，小說淨化心靈的力量多麼大，尤其對作者。）

總之，我口袋裏再度空空如也。盧方提議放學後到大溝邊去，我便加入了。

我們五個人從學校側門出發，我個子最矮夾在中間，曾一平殿後。頭頭是賴曉生，他一向自認是我們這群人的領袖。

「大家注意！」賴曉生嚷了起來，「前面是原始森林！」

所謂原始森林不過是些矮灌木罷了，賴曉生拔了根樹枝象徵性地揮舞著。

「不要去那裏。」曾一平從我肩後說。

「不去那裏，回家作功課。」我說。

這當兒，陳進德插進嘴來，說了些老師們的壞話。

不過，說來奇怪，廿一年後在炸雞店裏，陳進德講的話就完全不一樣了。

「我記得王武雄老師，王老師最關心我，希望我能考上好初中，我家境不好……」

「我們成立臭水溝幫那一天，你告訴我王老師最討厭你，因為他常常用粉筆丟你的頭。」

「那有這種事，王老師最喜歡我了。」

「好吧！那另外一件事，你總該記得吧？」

「我壓根兒忘了，」陳進德說，「我也不記得我們組了那樣怪名字的幫派。」

（陳進德無疑的是個麻煩人物，不管在現實生活或是小說中。）

再回頭說說放學後的情景；我們這一群探險家離開學校側門，進入一條夾纏著矮灌木、樹椿、竹籬笆的小徑。

我重臨這條小徑是在七二年（這一年我接到服役通知）、七四年（退伍）以及七六年——從這一年以後，我幾乎每年抽一兩個下午到那附近逛逛。大概在七四年到七六年間，灌木叢被鏟掉了，成了一條能通行摩托車的碎石小路，路兩側蓋滿了鐵皮和木板拼湊的違章建築。到了七八年，違章建築不見了，馬路拓寬，狹長的三層樓房排列兩旁，大排水溝就在這時被移入了地下。再過了四年，我買了輛福特車，第一天便開著車子造訪故居，我放慢速度先在學校四周繞了一圈。學校看起來又小又擠，然後進入那條小徑，不！應該稱它大街——四線道大馬路，兩旁聳立七、八層的大樓，車子兩分鐘便抵達許多年前原是大排水溝的地方。我煞住車打算在水溝上沈思些童年往事，不意後面喇叭聲大作，這種聲音是都市的恥辱，何況在市區附近。最後，我把車子停在卅公尺外一家咖啡廳前。整整一個下午，我坐在咖啡廳裏，茫然地瞧著窗外。

我們五個人繼續走，一路上又跳又叫，彷彿要告訴別人我們有多快樂似的。過了好一會兒，我們止住笑，用力吸著鼻子，因

為從什麼地方正傳來垃圾焚燒的氣味。再過一會兒，我們聞到了雞糞的味道（也可能是狗糞，時隔多年，憑回憶很難確定究竟是那種氣味。）這個味道過後，便有光影在眼前跳動，那是一塊隆起的小土堆，泥層裏混雜著碎玻璃、煤渣和磚屑。我們小心地登上土堆，站在流光與帶乾草味的風中，俯視著腳下那條蜿蜒似蛇的大排水溝。

4

當我思考著給這條大水溝一個完整的形象時，突然一個意念浮上心頭：為什麼不把它畫出來？

於是，我停下手邊的工作，跑到文具行去買了一盒彩色筆，以及找了一張紙片。（上面這段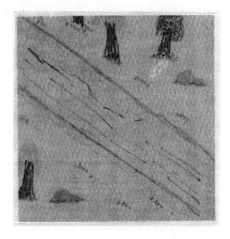文字是在從文具店回來時寫的。如果有讀者問，為什選擇彩色筆而不是蠟筆或鉛筆？我的答案是，那家文具行只賣彩色筆，或者我到文具行裏，我的眼睛只看到了彩色筆，價格是十八元。）

我要開始畫了！

（編輯先生：能否將這張圖印成彩色，打破副刊的傳統。）

註：這張圖的比例大約是一百到一百五十比一，但是讀者諸君千萬不要拿出尺來量圖上水溝的寬度再乘以一百五十，這樣作就變成你在測量水溝，而不是作者我在測量水溝。至於在色彩上，跟實際的顏色也有頗大的差異，況且如果編輯先生拒絕我的建議，那麼這張圖會變成黑白色，水溝則呈灰色，正如你們最近看到的河水顏色。不過，當時河水的顏色的確不一樣，即使水溝裏的水。在此，我順便提醒諸位一句：不要讓嫦娥笑我們的河水髒。

5

我覺得很滿意，而且有助於解釋「如何測量水溝的寬度」這件事。於是我把圖片裝進一只封套，準備找個人來試驗一下它的功能。

※故事進行到這裏，可能有部分讀者感到不耐煩。那麼我有如下的建議：

1.你可以立刻放棄閱讀，再想辦法把前面讀的完全忘掉。

2.你一定急著想知道如何測量水溝的寬度，那麼我現在告訴你，我們當時帶了一把弓箭，把繩子綁在箭尾，射到緊靠溝旁的樹幹上，把箭拉回後，再量繩子的長度，答案就出來了。

3.假如你對上述兩種建議都不滿意，那麼我再給你一個建議，暫時不要去想如何測量水溝的寬度，請耐心地繼續閱讀。

■

我再打電話給環保局的那位小姐。

「前幾天我問過你關於排水溝的數目，妳還記得嗎？」

「啊！」她輕呼一聲。

「我姓謝。」

「謝先生，我以為你不會再打電話來。」

「為什麼？」

「經常有人打電話給我。」小姐說：「我能不能請教你怎麼對那個問題那樣感興趣？」

我聽到一種聲音，我猜想那是種用手掩住嘴的笑聲。

「很多人都這麼問，一時也解釋不清楚，」我說：「這樣好

了，妳有空嗎？我請妳喝咖啡。」

「我不隨便跟陌生男子約會的。」

「我不是陌生男子，我現在告訴妳我是誰，」我說了自己的職業和年齡，「還有，我可以直接到辦公室去找妳，妳們公家機關有責任回答老百姓問題對不對？所以我這麼作只不過是換了個比較輕鬆的方式。」

「我能不能帶個同事……」

找一個不相干的人傾訴是個冒險，不過倒滿刺激的。

於是我帶著一份聯合報（這是約定的記號），在咖啡廳等了五分鐘，兩位小姐出現了。

「謝先生，這位是我的同事馬小姐。」我請她們坐下，那位戴眼鏡的馬小姐掩著嘴吃吃地笑了起來。

「很有趣是不是？」我說。

「還用說。」陳小姐跟著笑，「馬小姐跟我同一間辦公室，我把你的事都跟她講了。」

我也笑了起來，在笑聲中，我打量著兩位年輕小姐，平庸的臉孔、孩子氣的打扮，我在內心輕嘆一聲。

「妳們一定覺得好奇，對不對？」

「是呀！」陳小姐說：「每天我都會接到幾通怪電話，沒一個比你更怪的。」

「真有意思！」馬小姐說。

「什麼怪電話？」我問。

「有個人說他家的屋頂花園發現了蛇穴，我請他打電話給一一九。」

「真有趣！」馬小姐說。

我想她下一句話必定是「真好玩」。

「不要以為我在開玩笑，妳們想一旦核子戰爆發，下水道能夠拯救多少人。核子彈爆炸時，馬路都燃燒起來，這時候妳們唯一想到的事就是跳進水溝裏，跟著大叫一聲，『這水溝怎麼這個樣子，市政府幹嘛不把它做大一點！』」

「真恐怖！」馬小姐插嘴。

我瞪了她一眼，繼續說：「因此，我養成了測量水溝的習慣，我每經一處水溝，不管它是開放的或者隱入地下，我總忍不住問自己『它們到底有多寬，裝得下幾個人？』所以，我才打電話問妳本市有多少水溝，妳們用什麼方法測量它。」

「原來謝先生是個核戰恐懼狂。」陳小姐說。

「真好玩！」馬小姐說。

可想而知，結局是陳小姐很熱心地答應幫我查詢上述的問題，並且暗示我們有繼續發展友誼的可能。我卻覺得沮喪，無比的沮喪！老天！我是怎麼回事？我到底什麼地方出了錯？我原來帶了圖畫來解釋這件事的，然而我卻把一件單純的事情複雜化了，以至於偏離了主題。就像我寫的那篇「八爪外星人」科幻小說，由於犯了一點技術上的錯誤，讀者和作者同時都搞不清楚那一隻是手，那一隻是腳。

■

那麼，剛剛那兩位小姐後來的遭遇怎麼樣？一定會有部分好奇的讀者有興趣，「後來你跟其中的一位作了朋友沒有？你們有

沒有可能談戀愛？」

　　我的回答既不是「是」也不是「否」。

　　我的回答是：兩位小姐未來的發展跟這篇小說無關，她們仍舊回到她們現實的生活，對她們來說，這件事只是生活中的一個偶然變數，正如你一樣。當你閱讀這篇小說時，你也「涉入」了這個故事，只是你跟兩位小姐涉入的方式有著明顯的不同。這個不同是：「你」不是一個清楚的特定對象，但如果你在某一天的早報上讀到這篇文章，在文章還沒有結束之前，即時與我取得聯繫，你便有可能在我的作品中真正插上一腳。只是以目前的情況，這麼作在技術上的確有困難，除非副刊的作業方式整個改變（譬如說，一篇短篇小說一個月刊完，而且一星期只刊一天），或者你對小說完整性的觀念改變。

　　所以，兩位小姐必須即刻離開舞台，她們差一點把我扯到題外去。我於是打了個電話告訴她們，關於測量水溝寬度這回事，根本是個無聊的玩笑等等。

6

　　容我抄錄下面這一段話：

　　「我們藉感官認識外在世界，當我們感覺到某些現象時，由於感官的運作方式，以及人腦整理解釋外來刺激的方式，使我們賦予這些現象一些特徵。這種整理過程，有一個極重要的特點，就是我們把周遭的時空連續體切割成片斷，因此，我們才會把環境看作由許多屬於不同名類的事物所組成，也把時間之流看成一連串分離的事件。」

　　在經過這種小說與現實生活的波折之後，我想我們都會比較有勇氣與智慧面對一九六○年五月卅日那一天真正發生的事。

　　真相：

　　一九六○年五月卅日

　　當我們抵達大水溝邊時，我們共有四個人。（陳進德在最後一刻回家了。）

　　我、賴曉生、曾一平、盧方。

　　我們四個人趴在凝土作的溝沿，俯視著水中的倒影。其時，天空極為晴朗，水流清澈見底，水面彷彿是面鏡子。

　　「我會未卜先知。」我對同伴說。

　　「那你就說說我們的命運。」賴曉生說。

　　「賴曉生，你會在一九七五年寄給我一張明信片，」我說，「曾一平，你將來會跟我失去聯絡。」

　　「我呢？」盧方問。

　　「我不敢講。」

　　「講嘛、講嘛、講嘛。」

　　「是你們逼我的，後果我不負責。」

　　「講嘛。」

　　「盧方你會在一九七六年死於車禍。」

　　「放你媽的屁！」

　　「那你自己呢？」曾一平問。

　　「我會在一九八五年寫一篇叫『如何測量水溝的寬度』的小說。」

　　「什麼！你說你要在未來測量這條水溝的寬度？」曾一平

問。

「不錯！」

「我們現在試試看怎麼樣？不必等那麼久。」賴曉生說。

「好，大家想想用什麼法子去量它。」

我們四個人坐在大溝邊，搖頭晃腦的，直到天黑，一點辦法也想不出來。

（一九八五年）

● 作者介紹

　　黃凡（1950-），本名黃孝忠，出生於臺北萬華，畢業於中原理工學院（今中原大學）工業工程學系。曾任職於貿易公司、食品工廠，後專職寫作。

　　直到 30 歲，黃凡才發表第一篇小說〈賴索〉。1979 年 10 月他以這篇短篇小說獲得第二屆《中國時報》短篇小說首獎而成名。據他自述，他之所以寫〈賴索〉這類諷刺小說，完全是出於一種自我批判的態度。他提醒讀者，在他第一本小說集《賴索》中，「得不到任何警世金言，得不到任何道德鼓勵。」「只能從我這裡獲得一些嘆息、一些嘲諷，甚至某些程度的辱罵。」（《賴索・我的第一本小說》）冷眼旁觀自己奮力地跨越實現自我之界線的黃凡，正是採用此種知性視角刻劃筆下人物。作家白先勇認為，黃凡關注市井小民被現實捉弄的書寫意識，「將七十年代後期，臺灣都市工業化後，急促喧囂的步調，表露無遺。」（《賴索・附錄:邊際人——賴索》）。

　　1980 年代黃凡陸續出版了《賴索》、《大時代》、《慈悲的滋味》等 15 部小說，展現其驚人的寫作能力。文本種類包括政治小說、都市小說以及科幻小說，寫作手法多元，寫實、意識流、現代、後現代並具。該年代的黃凡頻頻獲獎，1980 年 11 月短篇小說〈國際

159

機場〉獲得第五屆《聯合報》小說推薦獎，1981 年 3 月短篇小說〈歸鄉〉獲得第三屆《中國時報》小說獎佳作，1981 年 11 月中篇科幻小說〈零〉獲得第六屆《聯合報》中篇小說首獎，1983 年 10 月短篇小說〈將軍之淚〉獲得第八屆《聯合報》小說三獎，1984 年 10 月中篇小說〈慈悲的滋味〉獲得第九屆《聯合報》小說首獎。此後黃凡不再參加任何文學獎徵文比賽。

黃凡的文學創作歷程在 1990 年代出現重大轉折。自 1991 年 10 月短篇科幻小說集《冰淇淋》出版後，黃凡隱居中部，徹底退出文壇近十二年之久，直至 2002 年 9 月他在《聯合報》副刊發表短篇小說〈作家算命師〉，才又推出新作。復出後，他連續發表二部長篇新作《躁鬱的國家》（2002 年 11 月）、《大學之賊》（2003 年 10 月），迭獲好書獎及金鼎獎肯定。與前期作品相比，復出後的作品有較重的哲理色彩。

黃凡被認為是臺灣 80 年代小說的領銜者。1979 年他以〈賴索〉等小說開創了受人矚目的「都市文學」，到了 1985 年他又以〈如何測量水溝的寬度〉等小說，開啟了臺灣「後現代文學」的風潮。黃凡〈如何測量水溝的寬度〉即被視為臺灣後設小說（metafiction）的典範之一。今日學界提及後設小說的諸多技巧，如自我指涉、凸顯讀者的角色、以置框的方式達到敘事破框的效果、不定原則及未完特質、文本具有遊戲、娛樂的意味等，均可在黃凡〈如何測量水溝的寬度〉一文見證上述後設技巧，此篇之價值在開臺灣小說界後現代風氣之先。

4 惡魚 ／ 林宜澐

那鱷魚連打了三個呵欠。

牠這時正閃過三隻迎面而來的青蛙和一團形狀醜陋的爛泥巴，像艘幽靜的黑色潛艇般航向東方。牠所在位置的上方是中山路與中正路的交叉口，也就是由市警局、一家占地三百坪全年無休的電動玩具店，和一家名喚「彼得夢露」的理容院構成的所謂金三角地帶。這裏每晚迸發出來的光芒足以照亮大半個市鎮的夜空，人潮喜歡往這裏聚集：觀光客、流浪漢、婚姻挫敗者、徬徨的青少年、憂傷女人、意氣風發的政客、各種人渣。午夜三點，路上還偶有呼嘯而過的摩托車，市警局大門口的值班警員站到騎樓下瞪一瞪逐漸暗去的馬路，「彼得夢露」旁邊的麵攤老闆正要設法趕走最後一位爛醉的客人，他拍拍客人的屁股：「歐吉桑大的，初一吃到十五了，收攤啦，收攤啦。」一分鐘後，當他把碗筷和啤酒瓶全部放置妥當，他走過去一把抓起客人癱在桌上的頭殼，嘴巴對耳朵，他吼：「喂！聽見沒？三——百——塊——錢——。」他幾乎把客人的整張臉孔捧在手心中端詳，然後他兩手劇烈地搖動，這使得他傳到對面警局門口的聲音也因此大幅顫抖：「再不走，丟你到水溝餵鱷魚。」

鱷魚冷笑了一聲，那從鼻孔摩擦出來的聲響因為下水道的空盪而在尾端接續了幾道輕微的回音。在一個星期之前，這城裏的人是不會這樣開玩笑或恐嚇他人的。他們會說：「去死吧！」「下地獄吧！」「一腳把你踢到太平洋。」之類比較沒想像力的句子。這些句子明白易懂，但引不起被罵者的一絲反應，這一星

期來因為一則地方報紙的報導，使得情況有了改變。

忍者鱷出現江湖　下水道暗藏殺機

　　（本報訊）市民黃大容昨天晚上到市警局報案，聲稱在本市自由街排水溝接近入海口處看見了一隻長約六尺的大鱷魚。據他形容，該隻鱷魚當時在夜色的映照下自水底躍出，扭動的身體打散了銀白色的月光，四濺的水珠在天空形成宛如煙火般壯麗的圖案。黃姓市民肯定他看見的是一隻鱷魚，「否則會是一條龍嗎？」驚魂未定的黃某在警局做筆錄時，格格打顫的牙齒讓值班警員反覆詢問了三次之後才聽懂他所說的每一個字。

　　當這則新聞和李登輝蒞臨本市視察並在溝仔尾夜市吃了一碗扁食湯的照片一起出現在市民的早餐桌時，許多人不由自主地冒了一身雞皮疙瘩（李登輝的侍衛呢？他有什麼反應？他知不知道當總統吃完扁食正豎起大拇指對老闆說「讚」的時候，溝仔尾夜市底下，可能就是距離總統一公尺的地方，正有一隻鱷魚連打了三個飢餓的呵欠？），「鱷魚就在你腳下！」（啊！匪諜就在你身邊！）市民的恐懼是合理的，下水道是我們這偉大城市的大腸，但這條蠕動的管子裏有一隻隨時可能咬掉你頭顱、腳掌，乃至於小雞雞的大鱷魚，親愛的，你還覺得幸福嗎？

　　於是這巨大的集體夢魘終於經由麵攤老闆的嘴巴爆發出來：「丟你到冰溝餵鱷魚。」（祝福你，我永遠地祝福你。）稍後，這句話在夜空中發出一連串如炮似屁的劇烈聲響，徹底震碎了那位爛醉客人的意識與潛意識，他起身掏錢付帳，隨後跌跌撞撞地

爬上摩托車，不久便消失在馬路的盡頭。

　　當市長從擺在他家院子中央的兒童塑膠泳池裏撈起當天報紙時（新接手的送報生騎著一輛迪奧五十，天未亮之際便飛快地竄過巷子，將溫熱的報紙甩進訂戶的庭院），他在晃動的水面下看到了鱷魚新聞的標題，隨後遵照「詳見三版」的指示，小心翼翼地將濕淋淋的報紙剝開，一些手上麵包的肉鬆屑還掉到了鱷魚頭上（能幹的地方報編輯在新聞旁邊畫了一隻煽情的大鱷魚），三分鐘後，市長放下報紙，將他唸國中二年級、眼鏡始終下滑得壓住鼻孔的女兒叫來，她嘴裏塞了一個白煮蛋。

　　「妳相信這世界上有鱷魚嗎？」「我相信鱷魚會吃人。」「喔，我是說下水道，妳相信下水道裏會有鱷魚？就我們這裏的下水道。」市長跺了幾下院子的水泥地。「基本上什麼事都有可能。」女兒將眼鏡推回眼睛旁邊，被咬掉一半的白煮蛋上面留有一道整齊的齒痕。「鱷魚來了。」「什麼？」「鱷魚來了，有一隻鱷魚從吐魯番窪地來我們這裏觀光。」「真的？人呢？」「是魚，不是人。就在下水道。」市長指一指那則在水裏泡過一陣子的新聞。「我的天，牠怎麼進去的？」女兒凸出的眼珠子碰到了鏡片，暈出兩片白霧。「我正想問妳。」

　　「我正想問你。」一小時之後，憂鬱市長的鼻尖湊到市公所清潔大隊隊長的臉孔前呼著熱氣。隊長雙眉深鎖，不停地用手掌拍打自己的額頭。「啊！啊！啊！」他輕輕唷嘆。「報告市長，這事情非常奇怪。」「廢話。」市長隨後轉個身，踱到窗戶旁看外邊一排椰子樹，天氣陰霾，一大早便像要下雨，有片烏雲停在遠方的兩道山峯之間，看久了有點恍惚，憂鬱市長心神一閃，竟

看見一隻鱷魚正以仰泳的姿勢穿過那片烏雲，鱷魚神色從容，似乎還吹著口哨，〈桂河大橋〉嗎？

市長眼睛花了，鱷魚並沒有吹口哨仰泳，牠其實只是翻了一個筋斗，下水道的旅程過於冗長沉悶，鱷魚先生每天要來回三十八趟，跟至少一百隻青蛙或蚯蚓說哈囉（啊！多麼的薛西弗斯）；牠永遠升不了天，像市長看見的那樣穿過一片雲。牠這時距離市公所僅十公尺遠，市長與清潔隊長的凝重談話依稀可聞，鱷魚翻過筋斗之後的尾巴在水面上打出一片如海嘯般的浪花，嘩嘩水聲掩蓋了清潔隊長接下來一聲興奮的喊叫。

「啊！市長。」隊長用力拍打了一下鋪有舒美桌墊的市長辦公桌。「報告市長，我他媽的想起來了。」「不要說他媽的。」「幹！我想起來了。」市長拿起一根煙插入緊抿的雙唇，眼神炯炯：說啊，阿達先生。「三年前老宋告訴過我，報告市長，你記得老宋？」「他說什麼？」「他說他在南濱水閘附近看過一隻小鱷魚，那麼小。」隊長兩手比出一隻博美狗。「接下來呢？」「接下來沒有了。」「你太監。」市長罵過後旋即陷入狀似瞌睡的沉思中，這事有點真實性，卻聽起來明明像作夢。「李仔，南濱水閘、下水道、自由街排水溝，這幾個地方全部可以通？」「報告市長，你市長當假的？」「去搜，帶幾個人到水裏搜。」「市長伯仔，我今年四十二，孩子唸幼稚園中班，老婆識字不多，無謀生能力……」「不要囉嗦，去！去！去！」市長揮揮手，不帶走一片雲彩：「記得帶護襠，安全第一。」隊長聞言哈哈哈大笑三聲：「哈！哈！哈！市長歐吉桑，我到哪裏去找護襠？」「棒球協會、跆拳協會，都有啦。」「啊！市長英明，市

長英明。」隊長將兩掌護在褲襠前，深深鞠個一百度的躬，隨後
大步走出這在大清早就有點詭異緊張的市長室。

　　他這會兒將彎到水面上的腰挺直起來，順手撥開漂流過來的
竹簍子和保麗龍餐盒，市公所清潔隊捕鱷小組一行五人穿著整套
的雨衣雨褲泡在這條大水溝裏已經有一小時了，四十二歲的隊長
必須以這樣不斷彎腰的動作來維持筋骨的活絡，否則沒多久他就
會像根木樁那樣僵在這危險的水溝中。根據市民黃大容的報案，
那隻六尺長的鱷魚便是在這一帶出沒，這裏通下水道，一明一
暗，捕鱷小組由明處入手，要揪出躲在暗處冷笑的鱷魚。「你給
我出來，幹！你給我出來。」隊長心裏吶喊。「隊長，我們這樣
找要找到過年啊？」阿吉仔滿臉愁容，十分鐘前開始飄落的毛毛
細雨讓他整張臉看起來像是流滿汗水。「阿吉仔，聽好，找不到
鱷魚我們都不必過年了。」隊長的口氣像市長，說完話順便歪歪
嘴巴，要他的手下注意水溝旁站了一個看熱鬧的記者。記者問
話：「是市長要你們來的嗎？」這人一臉絡腮，穿吊帶牛仔褲，
看起來像四十幾的三十幾歲人。「難道是你祖嬤叫我來的哩？」
隊長心裏這麼想，嘴巴那麼說：「是的，我們是奉市長指示。市
長很關心這隻鱷魚，他焦慮得快要變成一隻恐龍了。」「你們這
樣找有用嗎？」記者在淒風苦雨中點燃一根香煙，千輝打火機巨
大的火焰差點燒上他的絡腮鬍。（親愛的，妳這樣子整天跟在男
人屁股後邊找愛情，有用嗎？）「這只是初步了解，看有沒有這
壞蛋留下來的痕跡，像大便、牙齒、脫落的皮毛之類的。」「然
後呢？」記者吐出一片煙霧，煙雨濛濛，毛毛雨愈下愈大，落在
水面上像一萬隻蝌蚪跳大會舞。「然後我們用毒攻法。」「什麼

法？」「毒藥。用針筒把毒藥打進豬肉，丟水裏餵牠吃。」「好聰明，可是如果牠不吃呢？」「天底下有吃素的鱷魚嗎？朋友。」

　　就在隊長用微露的牙齒和飄忽的眼神輕蔑地對著絡腮鬍記者甩了一個頭的時候，捕鱷小組站在最前端的尖兵突然跳蝦般蹦了起來，「隊長。」跳蝦高喊一聲。十顆鼓脹得像番茄那麼大的眼睛盯住跳蝦與水花。鱷魚嗎？記者眼到手到，尼康相機卡卡卡已按下三次快門，隊長焦急的關懷穿過毛毛細雨：「福祿仔，踩到鱷魚啦？」「伊娘，有蛇。」隨後霹靂啪啦另一陣水花激起，幾秒鐘後，五個穿黑色雨衣的男人全上了岸，或站或蹲，或抽煙或喘氣吁成一團。

　　鱷魚打了一個大號的飽嗝，牠剛吃過一頓豐盛午餐，其中包括一隻意外發現的死雞（該雞屍身完整，羽肉豐滿，滑過喉嚨時宛如一次吞下十個圓滾滾的大饅頭），以及一份印有五個男人和一片水花照片的地方報，那張報紙事實上已被揉成一團，這使得鱷魚誤以為是釋迦或芭樂之類的水果，而失去了觀賞一張精采照片的機會。那張照片的場景當時只離牠八公尺，清潔隊員福祿仔看到的其實是被鱷魚嚇得四處竄逃的蛇，也就是說，如果再慢個幾秒鐘，絡腮鬍子記者可能會拍到一張勇奪普立茲新聞攝影獎的佳構，「人與鱷魚」，在那樣的一張照片裏，鱷魚會像條神龍般面露微笑地飄浮在漫天水花之中。但這事畢竟沒發生，一切恢復平靜，日正當中，整個市鎮全睡著了，市民集體午睡發出的鼾聲在空氣中形成一道道有秩序的波紋。「啊——呼——啊——呼——」，路上行人比螞蟻少，南濱水閘附近更是杳無人跡，因此鱷

魚連打了幾個大號飽嗝所造成的水面泡沫倒也沒機會引起任何人的注意。牠浮出水面望了兩眼覺得無趣，身子一弓一放便又鑽進水裏，而就在鱷魚尾巴還有一截尚未鑽入水中之際，遠方有個黑點竟在無意中看見了這天字第一號的大祕密。黑點飛奔而至，箭一般衝到岸邊變成一個人，是黃大容，這位因他報案而引發全城騷動的小子這時正站在一個最有利於澄清他清白的位置看世界（多少人懷疑他的報案動機，政治的、經濟的、社會的、文化的），這世界裏有一片藍天、一條水溝，以及一隻該死的大鱷魚。黃大容此時興奮得幾乎無法準確地掌握自己的語言：「大的，大的，鱷魚大的先生，喂！呀呼！你出來。」（我奉主耶穌基督的名求要你滾出來，幹！幹幹！幹幹幹！）鱷魚聽見了，牠潛入水中的身子這時正嘴巴咬尾巴地圍成一個圈圈，那圈圈不停地打轉（就像一些悶得發慌的黑市情婦在某個黃昏焦躁地繞著小小的客廳踱方步），鱷魚的耳朵感受到奉主耶穌基督名求而來的聲波，牠於是將肌肉放得跟肉鬆一樣鬆，嘴巴放開尾巴，稍後，一張多皺紋的臉孔便慈祥地露出水面。這是偉大的一刻，市民黃大容剎那間覺得自己是一位矗立在聖山山頂、身著白袍的先知。是的，先知始終是人間祕密的掌握者，哲學家、預言家，還有一些狗屁倒灶的小說家好像都是。鱷魚與黃某此時兩造相對，四眼凝視，啊，光天化日之下竟然有股幽幽深情，黃大容雙目滾圓，他動也不動地望著慈祥的鱷魚，鱷魚微笑，鱷魚欲言又止，鱷魚有點無奈，然後，鱷魚嘆了一口氣，沒錯，鱷魚嘆了一口氣之後便又像一陣風那樣消失無蹤了。

　　市長嘆了一口氣。他這時跟兩個心腹在城隍廟旁的一家海產

店裏啃蟹腳，店裏頭熱烘烘，趕進趕出的女服務生剛才屁股撞上了他手肘，蟹腳劃破嘴唇，市長用溫熱的舌頭舔了舔血，沒事，他面帶笑容對驚慌失措的小妹妹說沒事，跟鱷魚比起來，這世上還有什麼事可以算作一件事呢？第八天了，市長再嘆一口氣，捕鱷小組這一個星期來除了踩死五十隻蟑螂和一百條蚯蚓之外，就只帶回來一堆虛無沮喪的空氣。李仔隊長聽說打算遞辭呈，可憐哪！這個好人。

「辭呈呢？」市長漲紅著臉問話，他剛剛又幹下一杯，啤酒的香氣從他齒縫鑽進腦門。「什麼辭呈？」「喔，我是說李仔呢？叫他來呀。」「蟹腳都被你吃光了，叫他來吃盤子？」「叫他來吃鱷魚沙西米。」「市長大的，我看這事情根本就是阿婆生子，那姓黃的大概是匪諜。」心腹甲如是說。來了，泛政治化的觀點來了。這表示你不必再叫清潔隊去抓鱷魚，這事情原來只是一個蓄意散布的政治謠言。敵人（也就是廣義的匪諜。政治是各種陰謀陽謀的百老匯，在這一行裏，你必須先是一個匪，然後你才可能是一個神）用鱷魚謠言攻擊市長在清理下水道這件事情上的怠惰，心腹甲接著快樂地下結論：「這事情根本就是旺仔那邊人馬搞的神經戰。」「上帝要毀滅一個人，首先會讓他發瘋。」心腹乙挾了一塊熏鵝肉放進市長盤子裏：「我看你瘦了不止三公斤。」市長閉目沉思，一會兒眼睛沒張嘴巴張開地搖頭晃腦若有所悟：「這招夠水準，這樣大家會以為我們已經好久沒清下水道了。」「大家會因此而想到前年的水災。」「總共有一百輛汽車泡在水裏。」「我老婆也泡在水裏。」「怎麼了？」「我要她救汽車音響。」市長把熏鵝肉放進嘴裏咬過數口，來不及吞下便開

口說話，語音含糊聽來哀怨：「那種抓狂颱風誰有辦法？」「沒人有辦法。總統蔣公也沒辦法。」「旺仔說如果他當市長就有辦法。」「聽他放屁！」冒火的市長同時嚥下嘴中鵝肉碎渣和一大把沾了醬油的生薑絲，他調門愈拉愈高，順勢還抓起酒瓶往桌上用力放，碰一聲大有酒後亂性的樣子。心腹甲火上加油：「你知道旺仔還說什麼？」「⋯⋯」「他說這下水道養得出鱷魚的話，還怕養不出一個馬戲班？」「聽他在哭爸哭餓。」

　　人要罵，菜要吃，三人又叫了一盤蘆筍沙拉。市長連嚼三根之後，神氣稍微清爽，腦筋轉了轉彎，不想政治鬥爭，想別的（與朋友交有無信乎？借人錢財有無還乎？）。想著想，腦裏浮現一個張牙舞爪的身影，聰明市長拍一拍腦袋瓜，「這就對了。」伊喃喃自語後，攣頭直瞪心腹甲乙二人。「我看，」他嘴角還沾有一點點的美乃滋：「要不就是自由街水溝那些違建戶⋯⋯」心腹甲乙二人因為實在聽不懂而發出「唔唔」怪聲，「唔唔，市長，你的意思是⋯⋯唔唔⋯⋯你是說⋯⋯唔⋯⋯」，市長鼻露微笑（他鼻頭像加菲貓吃辣椒那樣子皺了起來），眼露玄機，說：「那地方下個月要拆，絕對要拆，不拆對不起全人類。媽的，講幾年了？從殺朱拔毛講到鄧小平生日快樂還沒拆成，這算什麼？記不記得來找我的那幾個代表？臨走撂話，因為所以、如果怎樣就會怎樣，雞雞歪歪的話講一大堆，他以為我是誰？我除了我老婆之外我怕過誰了？真他媽的。」心腹甲乙二人還是沒聽懂：「這跟鱷魚的關係是⋯⋯？」「天哪！好笨。」市長點起煙，這一點整個人感覺就悠閒起來，羽扇綸巾，像空城計裏的孔明。隨後他把煙噴向天花板，頭往上仰，輕蔑地用嘴角說話：

「那地方冒出一隻鱷魚，還沒抓到之前我能拆嗎？」「喔——」兩人齊聲讚佩，市長英明，市長酷，市長神機妙算。所以，總而言之，這事情結論是：「假——的——」，語罷，三人好不輕鬆，便繼續吱吱喳喳像小黃鸝鳥那樣在店裏頭快樂地聊天喝酒了。

「不要像小鳥那樣整天吱吱喳喳。」絡腮鬍子記者黃某某頗不耐煩地罵他女人。他女人坐地上，吃零食看電視說話，電視警匪片，大車追小車，一路槍聲，黃大記者靠床頭櫃啜啤酒，女人話太多，邊說邊跟劇情尖叫（「快滾……豬！豬八戒！……痞子、人渣、豆腐、下三濫……王八烏龜蛋……」），被黃某罵過後閉嘴不吭聲，咬洋芋片的聲音清脆可聞，這裏高，十二樓，窗簾拉開可看見大半個市區，黃大記者不想跟女人一起看片子，站起來走到窗邊，看路上行人像老鼠晃來晃去，一會兒一列出殯隊伍走入視線，「誰啊？」他頭沒回地問他女人。「就穿夾克那個，布魯克的表哥。」女人盯著電視回他話。「幹，我問妳下面誰死了？」黃某手比十二層樓底下的馬路。女人回頭看他：「你在外面跑的怎麼問我？」黃某吁口氣：「管他。死一個少一個。」喝口啤酒又說：「哪來那麼多新聞！」「沒新聞你也沒飯吃。」「我沒飯吃就是新聞。」

新聞不死，而且不斷膨脹。黃大記者一星期內已經連續發了七次鱷魚的新聞，圖文並茂，每天在報上隨著鱷魚的音樂起舞。鱷魚出來了，鱷魚不見了，鱷魚又出來了，鱷魚又不見了，你見過鱷魚嗎？你對鱷魚知多少？（你見過上帝嗎？你見過外星人嗎？你見過女鬼嗎？你對他們知多少？）黃某人迅速地在一星期

之內成為一位沒見過鱷魚的鱷魚專家。

「鱷魚抓到你就沒飯吃了。」影片結束，一堆人死在街頭，警車燈在幽黑的紐約夜空下一閃一滅，一排排字幕從上頭滑過（感謝傑克、感謝露絲，謹將此片獻給我的阿公烏魯木齊先生），女人關掉錄影機，連伸了三個懶腰之後走到黃某身旁搔他癢，「今天鱷魚抓到沒？」「我希望牠死了。」「那不是很可憐嗎？」「有什麼可憐的？」「我是說你很可憐，沒鱷魚你寫什麼？」「死了鱷魚就會跑出一尾鱸鰻或無尾熊什麼的。就像有一天妳跑掉了，總會有一個女人跑進來，像妳一樣喝可樂吃乖乖看錄影帶。記住，只要上帝不死，新聞就不會死。」女人的身子像塊倒塌的木板般直挺挺摔到床上：「到底那隻鱷魚是真的假的？」黃大記者一手把剩下的啤酒往女人嘴裏倒，一手拍拍她的腦袋：「自從妳吃了通乳丸之後，腦筋就清楚多了。」隨後轉身將啤酒罐丟進垃圾筒裏，像個阿拉伯算命仙那樣說道：「斯斯有三種，新聞有四種：膨風的新聞、縮水的新聞、無中生有的新聞、有中生無的新聞。查某人，妳什麼時候看過一條真實的新聞？」他接著把頭靠到女人胸前：「這其中道理太複雜，妳想搞懂的話，再去吃一打通乳丸。」黃大記者顯然十分滿意自己的新聞分類，這使他在褪去女人衣裳時還繼續意興風發地論證：「一件事情就像一條濕毛巾，你不扭它怎麼會榨得出水來？扭得愈兇，榨得愈多，你給我一條毛巾，我給你一桶廢水，就是這樣，新聞就是這麼回事。親愛的蜂蜜，除非妳想吃鱷魚沙西米，否則那隻鱷魚是真是假，跟妳又有什麼關係呢？就像妳真的愛我或假的愛我，又有什麼關係呢？」他解開女人身上的最後一顆鈕釦：

「至少現在沒關係。」

這些話全讓鱷魚聽見了。這並非牠有意干擾一對男女的恩愛時光，而是牠此刻離他們的床鋪實在是太近了，牠剛好經過這位於第十二層樓的房間窗口，確切地說，牠與他們之間只距離了五公尺，鱷魚正像個廣告飛船那樣緩緩飄過窗戶，當女人起身想將窗簾放下時，鱷魚因為聽見黃大記者一席話而莞爾微笑所以露出來的潔白牙齒，正好擺在女人的鼻尖前，女人大叫三聲，叫聲誇張得讓黃某人覺得十分不真實，他有點厭煩地起身問道：「看到飛碟啦？」隨後走過去，放下窗簾，也沒再追問，便用力地將他女人當成一塊糯糬那樣地摟入懷中。

晚飯後，市長坐沙發上一把將唸國中的女兒摟入懷中，女兒手上捧著一本赤川次郎，市長拍拍女兒的頭：「少看這些東西，有空多喝點牛奶。」女兒不苟同：「開卷有益。」隨後闔起書本看老爸：「老爸，你今天心情不錯？你把媽炒的龍鬚菜全吃光了，媽感動得跑到廚房擦眼淚。」「我有時候喜歡吃青菜，爸是農家子弟。」「你今天心情不錯？」「很好，我把鱷魚解決了。」「真的？我明天去告訴我們班導，她很關心，她是教生物的。」「這跟生物沒關係，它只是一個謠言。」「你把謠言解決了？」女兒聰明的眼皮在眼睛後面眨了幾下。「謠言止於智者，笨蛋才會相信下水道有鱷魚。」「那你當了一個禮拜的笨蛋。」「這不一樣，我是市長。」「笨蛋市長。」「我今天在市長室發表了鄭重聲明。」「聲明什麼？」「只有笨蛋才會相信下水道有鱷魚。」「誰聽到你的聲明了？」「十幾個記者擠滿了我的辦公室，有個傢伙還坐在我桌子上。」「就這樣？」「這樣明天全臺

灣的人就都知道了。」「全國就不再有笨蛋了。」市長拍拍女兒的頭：「從此天下太平，約翰與瑪麗過著幸福美滿的生活。」

一個鐘頭後，愉快的市長帶著女兒出現在本地一家百貨公司的遊樂區裏，他總共換了五百塊錢的代幣，女兒搶走了其中的四百塊，然後消失在一片幽深的電玩光影中。市長有如走入動物園般無聊，原地做了幾個早操動作之後，看身旁一臺機器肥肥胖胖好玩，讀過說明便投入一枚代幣，那機器上頭六、七個洞，你手上拿根木槌，見洞裏冒出一個怪物的頭便將它敲下，那怪頭專程來挑釁的，慢一點它便縮回去。這好玩，市長兩腿跨開，蹲馬步那樣全神貫注，怪頭先是一個一個來，被敲中時會唉一聲，隨後現身時間愈來愈短，然後是兩個兩個、三個三個來，愉快的市長開始手忙腳亂，我敲，我敲，我敲、敲、敲，漸漸，市長有點恍惚了（又有點恍惚了），他隱約感覺到某個熟悉的東西在外太空繞一圈後又回來了。那是什麼？……啊！鱷魚！慌亂的市長看見洞裏冒出了他所不曾見過卻非常熟悉的那張鱷魚的臉孔。鱷魚微笑，鱷魚吐舌頭，鱷魚齜牙咧嘴扮鬼臉，鱷魚說「來啊，來啊」，鱷魚探頭、縮頭，縮頭、探頭，市長手握木槌快速地上下左右胡亂敲，碰碰碰，碰碰碰，計分板上的分數老僧入定般靜止不動，周遭的少年仔個個埋頭苦幹自己的活，沒人看見鱷魚，沒人理會市長，遠遠望去，市長揮舞手臂的身影像個悲壯的武士，一個無意中被遺忘在遊樂世界一角的中年武士。

一切是真是假，只有鱷魚知道。

● **作者介紹**

　　林宜澐（1956-），出生於花蓮市中華路上經營鞋店的小商人家庭。國立政治大學哲學系畢業，輔仁大學哲學系碩士。曾任廣告公司文案、《中國時報》編輯、慈濟護專講師、大漢技術學院專任副教授及通識教育中心主任、國立東華大學華文文學系兼任副教授、《東海岸評論》總編、東村出版總編。2009 年教職退休，現為蔚藍文化出版社社長。

　　文學創作上，以小說為主，兼及散文。雖然林宜澐不是多產的作家，卻能長期穩定產出新作。據其自述，寫作時的特殊習慣是周遭完完全全不能有聲音，縱然他是一個非常喜歡聽音樂的人，寫作時寧願不要有音樂干擾；一旦有聲音，他就沒有辦法創作。他通常早上窩在花蓮吉安海邊的書房裡寫作。花蓮是他認為臺灣最適合居住的地方。之前因求學、工作之故，在臺北住過十年，最後他選擇回到花蓮定居；不僅感覺自在，創作靈感也會自然湧上心頭。[1] 其作品有短篇小說集《人人愛讀喜劇》（1990）、《藍色玫瑰》（1993）、《惡魚》（1997）、《夏日鋼琴》（1998）、《耳朵游泳》（2002）、《晾著》（2010）、《河岸花園了》（2014），長篇小說《海嘯》（2013），散文集《東海岸減肥報告書》（2005）等。

　　從第一本小說集《人人愛讀喜劇》開始，林宜澐樹立了一種帶有黑色幽默意味，悲憫與笑謔兼具的寫作風格，令人印象深刻。這種風格出現在他筆下的「街路人」，例如〈你的現場作品 No.1〉（收入《藍色玫瑰》）主角———一個讓夜市圍觀群眾陷入集體歇斯底里狀態的賣藥商人嘴臉，也展現在 1993 年獲得第十二屆洪醒夫小說獎〈惡

---

[1] 見 2005 年花蓮海星國小五、六年級生撰寫之〈訪談林宜澐寫真〉一文，刊登於「文采照花蓮—探訪花蓮作家」網站，
　網址：http://library.taiwanschoolnet.org/cyberfair2005/bettymay/narrative.htm。

魚〉（收入《惡魚》）主角——一隻讓市民出現集體夢魘的卡通形象
鱷魚身上。至於他設計的〈侏儺紀〉（收入《耳朵游泳》）主角——
一個「胖得像座山」的援交妹米雪，同樣讓讀者既憐憫其被狡詐的警
察欺騙而被帶回「局裡一趟」的下場，也對米雪長期活在母親建構的
虛假世界裡，一直以為自己擁有「超可愛」的模樣，不禁會心一笑。

　　許多論者認為竄起於 1990 年代的林宜澐，其笑謔的筆法延續了
花蓮前輩作家王禎和（1940–1990）的鄉土寫實路線。陳芳明稱：
「林宜澐確實在風格上繼承了王禎和，而且還更發揚光大。」又稱：
「論者恆謂，林宜澐的文字裡滲透著王禎和的影子，如果從人性挖掘
的角度來看，或許言之成理。但是最大的不同，在於林宜澐總是聚焦
花蓮小城所浮現的人情世故。」（《海嘯・推薦序／權力與暴力——
讀林宜澐《海嘯》》）在眾多花蓮作家中，王禎和確實是林宜澐非常
景仰、喜歡的一位作家。但是林宜澐不喜歡被歸類為鄉土作家，也自
認寫作風格不拘於笑謔一格。他說：「沒有想刻意讓我自己被分類成
什麼作家，我覺得我就是一位單純的寫作者！坦白說，我覺得我的寫
作風格一直在變，也不會被拘束。」[2]

　　他強調不可用「後山」的角度看待他筆下的花蓮。對於臺灣區分
為「前山」與「後山」的說法，他深不以為然。

　　　　這是臺灣版的東方主義。「前山」看「後山」就好比那「西
　　方」在看「東方」，薩依德式的感慨到現在還常常有機會在中央
　　山脈這邊的山腳下出現。

　　　　……

　　　　在我看來這問題倒滿「後」現代的。

　　　　一旦「後現代」起來，那凡事就沒個準了。只要你心頭抓乎

---

[2] 見前註。

定，管線可以外露，內衣可以外穿，年夜飯以可以外包，都好，都可以啦。落花與牛車輪齊飛，吊燈共馬桶一色，多少大師的後現代裝潢不都是這樣搞的嗎？[3]

　　「薩依德式的感慨」指的是薩依德（Edward W. Said, 1935-2003）《東方主義》一書所指17世紀起，地中海一直作為區分東西方的地理分界。這種分界的概念形塑了東西方互為異己（the other）的「他者化」意象。林宜澐認為臺灣人應該去除以「前山」看「後山」的中心化思惟，改以一種「後」現代的觀點看待西部與東部的人文歷史，以免彼此誤解過深而徒生感慨。總之，對他來說，文字裡是否滲透著王禎和的影子並不重要，因為一切都將在他的筆下重新定義。

---

[3] 林宜澐：《東海岸減肥報告書》（臺北：大塊文化，2005），頁9-10。

肆、問題與討論

1. 羅青〈吃西瓜的六種方法〉說：「如果我們敲破了一個西瓜／那純粹是爲了，嫉妒。」你是否贊同這樣的說法？請說出你的理由。

2. 羅青〈吃西瓜的六種方法〉沒有談到吃西瓜的第六種方法。爲什麼？

3. 鴻鴻〈超級馬利〉爲什麼要讓馬利歐說話？你覺得效果如何？

4. 鴻鴻〈超級馬利〉提到小狗被親吻會變成王子，與童話故事〈青蛙王子〉不同。原因何在？〈超級馬利〉說：「不要與牠接吻」，作者的解釋是「在牠變成王子的那一刻／你的嘴唇／會接觸到／兩種不同的語文／但是世界上不一定有／那麼多忠實的翻譯者／你如何決定／該不該吻一個人？」是什麼意思？

5. 請從所知的電影電視、網路遊戲或文學作品中，分享一位你最喜歡的人物。

6. 「自我指涉」是後現代小說家常用的一項技巧。它的特色是作者在創作小說的過程中，不斷交代創作歷程所涉及的種種難題，包括小說內容的虛構程度和寫作小說的技巧。請指出黃凡短篇小說〈如何測量水溝的寬度〉，有哪些段落使用此一技巧？

7. 「凸顯讀者的角色」也是後現代小說家常用的一項技巧。它的特色是作者在文本中打斷其敘事線，以插敘的方式分析讀者閱讀文本的心態及其對創作的影響，並且不斷提醒讀者須留意小說的虛構性。請指出黃凡短篇小說〈如何測量水溝的寬度〉，有哪些段落使用此一技巧？

8. 林宜澐〈惡魚〉裏，有一尾神出鬼沒的鱷魚。爲什麼牠可以「像個廣告飛船那樣緩緩飄過」位於十二層樓的窗口？作者設計這尾荒誕離奇的「忍者鱷」有何用意？

9.林宜澐〈惡魚〉的敘事結構，主要由反差效果極佳的兩個敘事觀點
　交織而成。一個來自位居地方權力核心的花蓮市長，另一個是身處
　社會邊緣——下水道裡的「忍者鱷」。這種敘事手法帶給讀者什麼
　樣的認知取向？嘲諷現實？黑色幽默？請說出你的看法。

伍、寫作引導

自由書寫（free writing）——解放思緒的書寫術

　　讓現代生命找到精神上的出路，是現代主義與後現代主義的共
識。近現代有許多實踐此一目的的書寫方法，例如超現實主義的自動
書寫（automatic writing），著重於如何盡情地將人內心底層的意識發
揮出來，使作品呈現一種令人感到意象鮮活的美感。自由書寫是另一
種常被提及的方法。它旨在讓人自然而然、不受拘束、隨性、任意地
寫下腦海中閃過的任何聲音、想法、感受。人在這種書寫狀態中，能
夠讓大腦暫時放鬆，擺脫縝密邏輯的制約，以及價值觀的束縛。個人
的情緒因而得以梳理，成為探索自我、捕獲靈感的一種路徑。

　　自由書寫的內容，並不是要給別人看的，也不是要寫出什麼段落
分明、詞句優美的作文。這些內容，完完全全是屬於自己的；真正的
自己，就藏在書寫的文字中。自由書寫原則有四：

(1)找一支好寫的筆，在時限內不停地快寫，不要停。選擇一個想
　解決的問題，或者沒有主題也可以，然後，就盡情地開始寫
　吧！

(2)自己看得懂就好，離題也沒關係。放輕鬆。別思考，別想著要
　合乎邏輯。不要擔心文法錯誤、寫錯字，或是標點符號使用不
　當。如果想不起某個字該怎麼寫，就使用注音符號吧，用○╳
　符號也可以。

(3)手須持續不停地寫，不要中途停下來審視寫過的內容，也不要

修改內容。如果腦中一片空白不知道該寫什麼，就重複寫「原本我想說的是」，直到腦中冒出新的念頭。

(4)把心靈所感所見，一切如實表述。這是一場內心直播秀。

同學們，讓我們從時限 3 分鐘，開始第一次自由書寫吧。

陸、活動與作業

1. 同學以 3-4 人一組的方式，合力製作一張以現代主義（特徵／優點／困境／文化／藝術）作為核心問題的心智圖（mind map），並上臺分享腦力激盪的過程與製圖的思惟脈絡。

2. 教師引導同學觀看 TED 講座影片：鍾正道〈我們已經走進中文歌壇的後現代〉（網址：https://youtu.be/4IClxXv9_-s）。請同學說一說觀看的感受，並分享影片未提及的臺灣後現代中文歌曲。

柒、延伸閱讀

1. 白先勇（1983）。《臺北人》。臺北市：爾雅。

2. 羅青（1997）。《什麼是後現代主義》。臺北市：學生書局。

3. 王文興（2000）。《家變》。臺北市：洪範書店。

4. 孟樊（2002）。《臺灣後現代詩的理論與實際》。臺北市：揚智文化。

5. 張大春（2002）。《公寓導遊》。臺北市：時報文化。

6. 黃凡（2005）。《黃凡後現代小說選》。臺北市：聯合文學。

7. 黃瑞祺（2018）。《現代與後現代：當代社會文化理論的轉折》。高雄市：巨流圖書。

8. 鄭慧如（2019）。《臺灣現代詩史》。臺北市：聯經。

9. 七等生（2020）。《我愛黑眼珠》。新北市：印刻。

捌、相關影片

1. 侯孝賢（導演）（1983）。《風櫃來的人》。臺灣：萬年青影業公司。

2. 楊德昌（導演）（1986）。《恐怖分子》。臺灣：中央電影公司；香港：嘉禾影業公司。

3. 李安（導演）（1993）。《喜宴》。臺灣：好機器獨立製片公司。

4. 王家衛（導演）（1994）。《重慶森林》。香港：澤東製作有限公司。

5. 許鞍華（導演）（2008）。《天水圍的日與夜》。香港：寰亞電影發行有限公司。

6. 杜琪峰（導演）（2011）。《奪命金》。香港：寰亞電影發行有限公司。

魔幻數位

壹、教學目標

（一）透過閱讀蘇紹連〈獸〉，使學生瞭解並能欣賞散文詩的形式意義與特徵。

（二）透過閱讀蘇紹連〈從眞紙到電紙的詩旅——我的超文本詩創作〉，使學生認知數位時代新詩發展的未來趨勢。

（三）透過閱讀張經宏〈出不來的遊戲〉，使學生掌握並能理解，透過故事書寫，如何在電競遊戲的非眞實題材中，融入人文省思。

（四）透過閱讀張耀升〈縫〉，使學生掌握並能理解，透過故事書寫，如何看見世情小說中隱藏的家庭倫理觀。

貳、知性時間

　　本單元主題爲「魔幻數位」，收錄蘇紹連散文詩〈獸〉及介紹超文本詩創作歷程的〈從眞紙到電紙的詩旅——我的超文本詩創作〉一文，和張經宏〈出不來的遊戲〉、張耀升〈縫〉兩篇小說。這四篇作品或呈現文學上魔幻寫實的技巧，或涉及網路時代如何影響人類生活及創作形式。無論是魔幻或數位，其共同特質均是虛擬、反常，有別於眞實世界的存在。在進入閱讀作品之前，我們先瞭解一下臺灣魔幻寫實作品及網路文學的發展。

　　魔幻寫實指的是具魔幻色彩的現實主義小說，小說背景奠基於現實社會問題，但情節荒誕離奇，人物和事件往往不受時空限制，能跨越陰陽，穿梭古今。這種寫作風格源自拉丁美洲文學，最知名的代表作是哥倫比亞小說家加布列・賈西亞・馬奎斯的《百年孤寂》，他於 1982 年榮獲諾貝爾文學獎，隨著中譯本在臺灣發行，張大春受馬奎斯影響，開始大量創作魔幻寫實小說，其中以〈將軍碑〉（1988）最

具指標性，帶動了臺灣魔幻寫實的風潮。其他尚有林燿德的《一九四七高砂百合》（1990）、宋澤萊《血色蝙蝠降臨的城市》（1996）、駱以軍《月球姓氏》（2000）、李昂《看得見的鬼》（2004）、甘耀明《殺鬼》（2009）、吳明益《天橋上的魔術師》（2011）等皆是此中名作。

　　拜科技發展之賜，數位化、網路化改變了人們的生活形態。網路快速、即時、無遠弗屆、無所不能，往往使人沉浸在虛擬世界裡無法自拔。作者可以在網路上發表各種形式的作品，讀者可以反饋、批評，甚至協同再創作，使得作者與讀者的關係不再只是單向的傳輸，人人既是作者也是讀者。各種電子軟硬體功能的開發，也加速了文學新變的歷程。所謂網路文學，即是以網路為載體所發表的作品，其呈現的方式有兩種，第一種是類似傳統平面印刷的方式，將作品數位化，上傳到網路平臺。例如 1990 年代初的 BBS（電子佈告欄），即是臺灣網路小說的開端，造就了痞子蔡《第一次親密接觸》的熱潮。部落格、個人或社群網站的急遽增加，也創造了如藤井樹、九把刀等，從網路紅到實體的作家。第二種是指將網路的諸多功能當作創作工具，利用排版、影像、音樂等各種軟體和程式語言，整合文字、影像、音樂，使作品能跟讀者互動，例如蘇紹連的超文本詩作（hypertext poetry）。隨著 VR（Virtual Reality）虛擬實境技術的成熟、親民，說不定未來人人皆可漫步在詩境，悠遊在徐志摩〈再別康橋〉康河的柔波裡呢！

參、閱讀文本

1 獸 ／ 蘇紹連

　　我在暗綠的黑板上寫了一隻字「獸」，加上注音「ㄕㄡˋ」，轉身面向全班的小學生，開始教這個字。費盡心血，他們仍然不懂，只是一直瞪著我，我苦惱極了。背後的黑板是暗綠色的叢林，白白的粉筆字「獸」蹲伏在黑板上，向我咆哮，拿起板擦，欲將牠擦掉，牠卻奔入叢林裡，我追進去，四出奔尋，一直到白白的粉筆屑，落滿了講臺上。

　　我從黑板裏奔出來，站在講臺上，衣服被獸爪撕破，指甲裏有血跡，耳朵裏有蟲聲，低頭一看，令我不能置信，我竟變成四隻腳而全身生毛的脊椎動物，我吼著：「這就是獸！這就是獸！」小學生們都嚇哭了。

● 作者介紹

　　蘇紹連（1949–），臺灣臺中沙鹿人，國立臺中師範專科學校美術科畢業，任沙鹿國小教師，蘇「老師」已退休，蘇「詩人」仍在線，持續嘗試各種詩型的創發。蘇紹連於 1969 年發表第一首詩〈茫顧〉正式踏入詩壇，參予或主持的詩社及刊物有《後浪》、《詩人季刊》、《龍族》、《台灣詩學季刊》、《吹鼓吹詩論壇》等。1998 年設立「臺灣詩土·現代詩的島嶼」網頁，於網路世界化身「米羅·卡索」開始創作網路詩。2000 年設立「Flash 超文學」網站開始發表具實驗性前衛的超文本詩，詩人對超文本詩的創作歷程可見本書收錄

〈從真紙到電紙的詩旅——我的超文本詩創作〉一文（《乾坤詩刊》
第 34 期，2005 年 04 月），又在 2003 年設立「台灣詩學・吹鼓吹詩
論壇」網站，經營至今長壽公開的網路詩社群，成為孕育數位世代新
詩人的重要搖籃。

　　蘇紹連是富於變化且有創新意識的詩人，他說「現實世界沒有永
恆的存在，虛擬世界亦是如此，除非能夠不斷的衍生。」這就是蘇紹
連的核心創作觀——唯創新能永恆。許多詩人停筆了，但蘇紹連還在
創作的路上生機蓬勃，一如他的部落格暱稱「少年兄」，除了是名字
諧音，也代表蘊藏著一顆永遠年輕的詩心。詩評家讚譽他「不論在分
行詩或散文詩、網路詩都有傑出的成就，多變的創作形式，是現代詩
壇的瑰寶。」至今出版詩集二十餘冊，作品類型相當豐富多采，如有
散文詩《驚心散文詩》、《隱形或者變形》、《散文詩自白書》；童
詩《童話遊行》、《雙胞胎月亮》、《行過老樹林》，近年熱衷於影
像與詩的結合，出版有《鏡頭回眸—攝影與詩的思維》（文集）、
《你在雨中的書房，我在街頭》（詩攝影集）；超文本詩作則請見蘇
紹連個人部落格「意象轟趴密室」。

　　〈獸〉這首詩是蘇紹連散文詩代表作之一，錄自《驚心散文
詩》，描述教師在教小學生「獸」這個字時遇到挫折，運用超現實的
手法，以驚悚的情節，達到使人驚心的省思效果。蘇紹連是有計畫且
長期耕耘散文詩的寫作者，蕭蕭說他是「臺灣詩壇散文詩創作量最
豐、質最高的一位」。

2 從真紙到電紙的詩旅——
我的超文本詩創作 ／蘇紹連

現實與虛擬皆無永恆存在，除非能夠不斷衍生。……

非單線閱讀，互動式書寫

「超文本」三字，已不是新鮮名詞，這種「東西」，它現在幾乎是普及到每個人的手中，最明顯的例子是在於電腦，只要有使用網路的，就用得到它，依靠它，它非常重要。

打開電腦上網，這是誰都會的動作，一個入口網站就是一個大型的「超文本作品」，當你手執滑鼠，將游標移動於螢幕上，遇到一個可以按下去的「節點」，而你用指頭按下滑鼠的左鍵時，你就是在操作「超文本」了。

這個「節點」可以連結到另一個網頁畫面，如果有許多「節點」，你更可以隨心所欲的連結到你想要網頁去，而且不同的「節點」就會連結到不同的地方。如果每個網頁都設有「節點」，便可一層一層的不斷往不同的地方連結出去，那些地方是另一個網頁，或是一個資料庫。

我們可以設想，一首詩如果是這樣子，在詩行中將某幾個「語詞」設計成「節點」，從節點可以連結到隱藏的另一網頁，讀到底層的詩句或相關內容，當「節點」的設計愈多，閱讀的選擇性則也愈多，由於不同的節點選擇，進入詩作底層的路徑也就不同，閱讀詩作時所產生的意涵便有所不同。

你想，這樣的詩作，和純文本的詩作，最大的差別是什麼？

一是單線性的閱讀，一是非單線性的閱讀，超文本的詩作即屬於後者，這在一般平面媒體是很難獲得的經驗，如紙張印刷的報紙、雜誌、書籍等等。

「超文本」除了以上這個特點外，它也可以讓讀者和作者互動書寫，產生合作後的詩文本，像網路上的留言版就是簡單的互動書寫，聊天室或論壇上的文章回覆則是較複雜的互動書寫，你看，這種層層環扣的互動書寫不見得是兩人的來往而已，它也容許多人參與。如果一首超文本的詩也是這種設計，讀者透過互動書寫的機制加入自己的詩句，和原作者的詩交錯疊合，你想，這是一種什麼樣的現象？詩，變活了，變無限可能了，它會因讀者的加入，而不斷誕生新的面貌及延伸新的意涵。

也許，要讀者參與互動書寫是一種比較高的文學活動層次，對一般的讀者而言較為困難，因為讀者要透過文字表達，本身運用文字的能力要強，有一定的水準，如果互動是即時性的，打字就要熟練要快，否則要完成互動書寫的成效並不佳。

動態現象與圖像音效之必要

較有趣而多變化的「超文本」是由讀者直接在作品上「制動操作」，去獲取種種作品中可呈現的東西，這其中不只運用節點鏈結，還運用「出現／消失」、「前進／後退」、「拼合／拆解」、「移動／回復」、「顛倒／正常」……等等數不盡的遊戲設計，讓讀者只需用滑鼠和鍵盤，透過這些設計，在手指間的操作下來完成一首作品的閱讀行為，從過程中體驗作品中的意涵，甚至是樂趣和感動。

因此，「超文本」作品的動態現象是不可避免的，圖像音效

的加入也是不可避免的。動態的作品，在動的前後過程中有了時間感，動的位置變化則有了空間感，閱讀超文本，等於進入了一個虛擬實境，再加上圖像成為詩的符碼，緊密與詩文本結合，若再以背景音樂襯托，音效點綴，整部作品則是不折不扣的「超媒體」。

如此發展之下，要創作一部嶄新而精緻的超文本作品，已不是那麼容易的事。作者能否獨自完成一部作品？基本的工具已不是平媒作家用的一枝筆和一張紙即可做到，而是電腦裡的那些複雜的軟體，你要學會軟體的語言，學會使用，而它愈精緻的技巧愈深奧，除非你成為那套軟體的專家才得以應用自如。但「應用自如」是指工具的使用，並不是這樣就可做出「超文本」的文學作品，沒有文學底子是不行的，沒有藝術修養也是不行的，只有充滿文學性和藝術性的作品，才可以感動人。一個文學作者如何有三頭六臂？面對種種軟體工具，要會圖像繪製，要會音樂剪輯，要會網頁編寫，要會素材整合，我曾比喻過，「超文本」文學的作者像電影導演，雖有製作團隊，但本身對劇本、拍攝、選角、音樂、場務、剪接、配音後製等等、也都要親身參與了解，同樣的，製作一部超文本文學作品，當也如此。

因為這麼多的考量，超文本文學作者完成作品卻沒像電影的商業收益，如何叫有志於超文本的文學創者能存活下去？超文本文學作品，哪個出版社要做成電子品出版？哪個政府部門或文學單位在辦這文類的競賽或獎勵？沒有，因為沒有，所以看不到精緻的作品，甚至在大學教育設網路文學相關課程的教育之後仍讓人有後繼乏人之歎。這不是隱憂，已是檯面上的現象。

我的超文本詩創作歷程

我是從文本走過超文本的實際創作體驗者，跟大家一樣，文本是我最方便最運用自如的考量，但我私底下仍鍾愛超文本，雖然我無能力發展它，我也會給予長期的關注，每當看到歐美的網站上出現令人眼睛一亮而嘖嘖稱奇的超文本作品，總是會擊掌叫好。

我自 1999 年開始有超文本的詩作，至 2003 年累積約近百則作品，但很汗顏的說，約一半作品並不滿意，應視為練習性質的作品，由於軟體建構的程式直接可以套用，除了詩作內容及形成構思完全是自己的外，程式語言並非自創，但我覺得這是詩與數位科技的一種結合，就好像你用數位工具產生作品，有些特效，例如「移動」「淡入淡出」「蒙太奇」等等技巧，可能會雷同，但並不代表作品意涵的抄襲。

我的作品，並不複雜或冗長，這是受詩作本身精短的考量，不像超文本小說可以有較龐大的建構，但製作一首小小的超文本詩同樣要花去不少的時間，反覆構思及測試修正的情況，幾可用「廢寢忘食」四字來形容，而連續數日是常有的事，那是辛苦的，但也是樂趣的。記得第一則超文本作品〈心在變〉，簡簡單單用微軟的網頁編輯軟體寫成，套用跑馬燈的效果而已，投稿到《歧路花園》網路文學網站，又經站長李順興教授翻譯，推薦到美國知名的超文本文學網站發表。台灣唯一為美國學者接受的超文本作品，這個鼓勵非常大。又經李教授告知 Flash 套裝軟體的好用，後來我便全力以這個軟體來製作超文本詩作，並有了《Flash 超文學網站》。

　　我把用 Flash 套裝軟體所製作出的詩作，分門別類，大致有以下數種：1、文字圖像化和象徵化，2、文本的拼合、拆解和重組，3、不同路徑和多重選擇，4、搜索探尋和不同結果，5、各種形式的制動操作功能，6、文本填入和互動書寫。然而作品所包含的技巧，往往難以歸類，因為可能同時具有兩種以上的特色。像我喜愛的作品〈戰爭〉，就含有文字象徵化、文本拆解、不同結果、制動操作等技巧，需要同時從這些技巧上去感受作品呈現的意涵。

以〈戰爭〉、〈鐘擺〉與〈時代〉為例

　　閱讀〈戰爭〉作品，首先就是射擊操作，在作品初畫面下方的圓灰點，按下即射擊上方一排黑色方塊，全射擊完後，出現主旨「假如戰爭是一場病我懼怕它發生在」一行黑字，按右端按鈕進入作品，右邊有兩行制動操作的說明，主畫面上有兩大段黑體文字，即為詩作，然後你開始操作滑鼠，移動滑鼠於文字上，按左鍵轟炸掉文字，一次一字，就好像轟炸機臨空，炸燬陸地上的建物或車輛或逃亡的人群，直到你停止操作，剩餘未被炸掉的文字，你連著讀讀看，即為你戰後的詩句。這種制動操作，可採兩種方式進行，一是隨意轟炸文字，一是選定文字轟炸，兩種結果是截然不同的，我原來提供的文本被讀者破壞至面目全非，這就是我設計這則超文本作品的目的。

　　有一次轟炸後的文本破碎：

　　將之連結及整理後，所得的詩是：

「戰爭是一場病

　發生在我身上

　單薄及脆弱

　幾經摧折

　撐得住一副人形

　用生命抗拒

　街頭上每個人

　都在抗拒它

　逆風吹起

　藥水反叛的味道

　屈服在寂靜裡

　病得不輕的生命

　從我的身上逃亡出去

　我軀體千瘡百孔

　骨骼依然存在」

　　另外我喜歡〈鐘擺〉這篇作品，它是文字圖象化與制動操作
結合的超文本詩作，以「請勿讓生命停止擺動時間是向左或向右
回頭或向前終無悔」這些文字組成一個鐘擺的圖象，當你進入作
品畫時，滑鼠即瞬間控制了鐘擺，滑鼠移動向左，鐘擺即向左
擺，滑鼠移動向右，鐘擺即向右擺，在左右移動來回操作中，第
一個感受是鐘擺的制式動作，象徵現代人生活的規律化和單調
性，第二個感受是時間的存在和運行，尤其當查覺鐘擺的擺動是

操控在自己的掌中，又面對「請勿讓生命停止擺動」這些文字時，你會警惕，勿任意將擺動停止，否則時間也停止，象徵生命將流失。有時，我玩這個作品，不是只為了看鐘擺的擺動而已，其實是為了設想時間被操控在我手中的感覺，不過，有時是為了生命中的無奈和無聊，來消耗生命，對時間和生命的一種感歎而已。

〈時代〉也是一篇簡簡單單的超文本作品，它只有文字、圖象、節點而已，閱讀方式較屬於單向鏈結，不過，我喜歡作品畫面的空間落寞感。偌大的廣場，只有一個人在中央踱步，令人興起「世界之大，竟然只有一人在思考，其他人都哪裡去了？」這種感歎，或有「眾人皆醉，我獨醒」這種哲人的寂寞。畫面是一畫有方格的大廣場，一個人和本身的影子外，還有一個游離不定的影子，而那影子正是作品的節點，唯有滑鼠游標點入，廣場方格裡出現文字，才能進行閱讀，一次一格，影子出現位置讓讀者捉摸，產生趣味，卻又代表不安感。直至最後，歷經一番來回遊走廣場的思考也結束於文本的完全出現，以及連續四次相同的結尾「我哀傷的走了」，走離這個廣場，也走離這個時代。我喜歡這樣的空間，把廣場上那個人當作自己。

「如果地球毀滅，隨身硬碟空間只給你三首超文本詩的空間，你會帶走哪三首？」至少我會帶走上述三首，理由無非是這三首詩最契合自己的調性，〈戰爭〉之碎滅，〈鐘擺〉之時間，〈時代〉之空間，都呈現著感歎的調性，而這正是我每日能持續創作的理由。我的超文本作品檔案都很小，一個小小的隨身碟就可帶走我全部的超文本作品，不過，地球毀滅，任何文本或超文

本亦將隨之消失，現實世界沒有永恆的存在，虛擬世界亦是如此，除非能夠不斷的衍生。

● 作者介紹

同前篇，略。

3 出不來的遊戲 ／ 張經宏

1

遊戲軟體公司的業務專員打電話來，告訴他們在一款歷史戰爭的電玩裡，有人認出他們的兒子。「他躲在裡面一段時間了，這件事電話很難講清楚，歡迎親自光臨敝公司，這邊有專人為你們解釋。」

一開始兩夫妻以為是詐騙集團打來的電話，對方一定知道他們的兒子失蹤了，想來騙點錢。自從兒子離開家後，他們用盡各種方法找他，半年來沒有任何消息。許多人都知道他們的兒子不見了。這段時間有陌生人打電話來，說在屏東一家網咖遇見一個流浪漢，長得跟網路上的照片很像，如果能先寄十萬塊過來，他可以幫忙送孩子回家。他們當然沒答應。

「既然又是個來騙錢的，」晚上睡覺前，丈夫說：「就沒什麼好怕了。」

第二天，兩夫妻按照地址，找到那家遊戲軟體公司。「是這樣的，」負責接待他們的是一位業務經理，看來沒比自己兒子大多少。「過去這幾個月，全世界不論哪一家公司開發出來的產品，都碰到跟我們一樣的問題。」

穿西裝打領帶的年輕人說，差不多三四個月前，世界各地的玩家陸續發現從遊戲螢幕上的山洞、雲端、海面等處冒出跟真人一模一樣的影像，一出現馬上衝鋒陷陣、遇到妖怪就砍一刀，撞上石頭便碰碰敲碎，敵人擋路飛過去立刻廝鬥一番，兩三下把對方剁成碎片，順便奪取寶物。這些不知從哪裡生出來的傢伙實在

太猛了，一開始玩家們呆呆看著遊戲被這些莫名其妙的人占領，還覺得有些新鮮，他們試著加入戰局，很快發現根本不是他們的對手，派出去的人手、武器三兩下被殲滅。

「他們說，遊戲變得不好玩了。」年輕人說：「到後來各路網友只好串聯起來，發動最猛烈的攻擊，把這些不速之客殺個片甲不留。對了，他們把這些闖進來的稱作『蟑螂』。不過這樣做的結果是，整個遊戲馬上結束。還想再玩的話，就必須從頭開始。但很快又遇到跟先前一樣的困境：那些先前被炸死的蟑螂依舊完好如初。如果沒有發動毀滅式的攻擊，他們根本打不贏這些蟑螂。」

「還好我們公司一接到顧客反映，很快研發出新版軟體，針對這些闖進來的蟑螂特性，把武器的設計跟攻擊面向都做了調整，只要下載後更新，玩家們立刻有新的法寶可用，到目前為止，各方反應還不錯。這方面我們的技術與創意可以說獨步全球，許多公司解決不了的問題，我們已經搶先人家好幾步……」

「不好意思。」丈夫打斷年輕人的談話：「你知道，我們這種年紀的人是不碰那種東西的，所以，到底你想跟我們說什麼。」

「喔，是這樣的。後來陸續有玩家向我們反映，出現在裡面的蟑螂，有些是他們認識的朋友。這些被指認出來的共同特點是，他們大都因為熱衷於遊戲而猝死。我們試著聯絡這些朋友的家屬，讓他們指認後，確定身分。到目前為止，公司起碼累計了幾百個確定案例。」年輕人扶一下眼鏡：「也就是說，出現在遊戲裡面的蟑螂，其實是這些家屬的親人。至於他們為什麼會出

現，我們還在努力研究。」

「不可能。」妻子說：「我兒子只是失蹤而已，跟你說的那些人不一樣，不要亂講。」

「嗯，妳說的也有可能。」年輕人說：「這裡面有好幾個案例，跟那些已經死去的確實不太一樣。他們被敵人的武器鏢中時，會明顯露出痛苦的表情，身上還流血。其他的瞬間瓦解後就消失了，當然，如果重新開機的話，這兩種蟑……呃，又跟沒事一樣，繼續加入戰鬥遊戲。」

年輕人站起身，往隔壁間走去：「請兩位來的目的，就是想讓你們看看，到底出現在遊戲裡面的這一位是不是你們兒子。等確認後，我們再來談其他的。」

兩夫妻在他身後嘀咕：「會有這種事？」他們跟了過去。

隔壁工作室的門一打開，傳來跟電影院一樣的立體聲響，好像在播放戰爭片，碰碰碰的節奏聲很逼真、飽滿，震得兩鬢血管蹦蹦狂跳。牆上安置一面上百吋的大螢幕，畫面上一片黃沙泥地，許多道城牆後面躲著士兵，四周插上各種顏色軍旗，還有一些石塊堆疊出來的山丘上方，盤繞著身披鎧甲，背上生出銀色鐵翼的怪物。其中一隻怪物被一道飛來的火槍刺中，發出喔嗚的痛苦吼聲。

「是這個沒錯。」一聽見那叫聲，丈夫回頭跟妻子說：「以前他的房間裡都是這種聲音。」

年輕人露出微笑：「他還算好找的，因為他只固定出現在幾種遊戲裡，不至於到處亂跑。」坐在一張電腦桌旁邊移動滑鼠，把整片螢幕往下拉，畫面左右兩側下方各出現一個籠子，柵欄裡

上百個人蹲坐地上，好像被人餵了藥，目光呆滯、神情恍惚。

「啊，小夫！」兩夫妻同時叫出聲。他們在左下方的籠子裡認出自己的兒子。妻子上前指住籠子裡一個身穿紅色 T 恤、藍色印花海灘褲，腳底一雙夾腳拖鞋的高瘦男生。「那天早上，我就是看他穿這樣跑出去的。」被指住的那人似乎不知道螢幕外的人正在看他，臉皮鬆垮，頭髮亂蒼蒼，像水族箱裡的魚緩慢無神地左右晃動。同一個籠子裡有兩個人緊緊抓住柵欄，不停朝籠外張望，只要聽見轟隆的爆炸聲兩腿就用力蹬一下，巴不得逃出去加入外面的戰鬥遊戲。

「不要小看他們。」年輕人說：「他們還是挺有腦筋的，有時候抓回來放在這邊，一不小心又被他們溜出去。這些都是我們公司的遊戲改版後，請玩家幫我們抓回來的。當然，每抓一個回來，玩家可以得到他們要的寶物或天幣，所以有些玩家專攻如何抓蟑螂，在網路上他們被稱為『蟑螂派』。」

「這個……」丈夫上前一步問：「他被抓來多久了？」

「稍等一下。」年輕人移動滑鼠到那男生的身上點了一下，出現一個資料框，上面有幾行數據。

「嗯，有三個多月了。他的戰鬥數值中等，攻擊力普通，行動慣性晝伏夜出，比較偏思考型，串聯力偏弱，不太跟其他戰友溝通，屬於獨來獨往型。還有，」年輕人翹起拇指放在唇邊：「根據我們觀察員的紀錄，他經常把拇指放進嘴巴裡吸。」

兩夫妻聽他這樣說，看了彼此一眼。「他一直到讀高中還有這習慣。」丈夫說。

「怎麼辦呢？」妻子說：「我兒子在你們這邊，有辦法放他

出來嗎？」

　　聽她這樣說，年輕人瞪大眼睛，露出不可置信的表情：「這位太太，如果可以的話，我們當然會這樣做，不然我們不就犯了囚禁人身自由的罪了？再說，」指著右下角另一個籠子：「放在這邊的都是打網咖、玩遊戲猝死的，如果他們能出來，那麼閻羅王大概準備要失業了。」

　　「可是到目前為止，我的孩子不過是失蹤罷了，不是嗎？」妻子說。

　　「嗯，根據我們的觀察，是這樣沒錯。不過把你們的兒子找出來，這是警察的責任。當然我們也希望他能趕快被找到，不然住在遊戲裡的這些朋友，不知道還會耍出什麼厲害的手段，到時候整個遊戲又被癱瘓，我們工程師又要抓狂了。」

　　「那，」丈夫點了兩下頭，似乎比較明白年輕人在說什麼。「所以，我們只能在電腦戲裡面見到他？」

　　「是這樣沒錯。你兒子的狀況算好的，到目前為止，他只跑出去三次，而且他只喜歡出現在歷史戰爭的遊戲裡，織田信長、三國爭雄之類的。」

　　「都怪你，」聽見年輕人這麼說，妻子對丈夫抱怨：「從小就給他看什麼群雄爭霸的歷史，現在可好了。」

　　「看那個有什麼不好？我是想讓他早點認識人性，順便培養他的領導能力，長大後不要被人家踩在腳底下，我哪知道後來他只愛玩這個？」

　　「這位先生說的沒錯。」年輕人說：「我們公司的遊戲都有聘請各行業的專家當顧問，裡面的情節設計與角色安排都兼顧到

教育內涵，也有家長跟我們反映，他們的孩子會知道誰是豐臣秀吉、曹操和劉備的故事，都是從遊戲開始的呢。而且，你們兒子跑進去的這款遊戲，去年有得到韓國遊戲設計的大獎，可見他的眼光不差——」

「都是你在講。」妻子打斷他的話：「那現在要怎麼辦？」

「喔，其實只是想通知兩位，你們小孩在這邊過得不錯，不用太擔心啦。」

聽見他這麼說，丈夫有些不悅。「怎麼聽起來像是綁匪在跟家屬講話？」

「呃，很抱歉，我並沒那個意思。事實上為了要照顧這一批朋友，公司投入的研究經費，遠超過開發一項新的產品呢。」

「我懂了。」丈夫仔細看了年輕人一眼：「我們小孩現在在你們手裡，需要多少錢？你講。」

年輕人「噗哧」一聲，趕緊站起來欠身笑道：「您誤會啦。你們小孩在這邊不用錢的。這只是我們公司提供的服務之一，不單是照顧到客戶的需要，也是為了社會上某些家庭。公司有規定，只要有人通報這些朋友家裡的聯絡方式，我們馬上會接洽訪談。也許從家人的隻言片語中，可以更快找出他們的共通特質，到時候會有更進一步的發現也說不定。」

「到底是誰通報給你們，我們的小孩在遊戲裡面？」丈夫問。

「這不能透露，請你們見諒。公司也有規定，為了避免證人受到不必要的干擾，除非有特殊狀況，我們不會說出對方的資料。不過，」年輕人從抽屜拿出兩本會員名冊：「這邊已經有上

百個家庭加入我們的關懷追蹤計畫。必須先跟你們報告的是，這部分就需要付費了。不知道你們想不想繼續聽？」

「那應該花費不少吧？」妻子瞄了一眼桌上的名冊，紅色那本的封頁上寫著「美麗人生」，藍色那本印上「幸福天堂」。

「這兩本差在哪裡？」

「那些已經確定往生後才跑進來的，都收在這本裡面。」年輕人指著藍色的本子：「這些朋友需要的照顧，跟失蹤的朋友不太一樣。基本上我們提供給家屬的軟體，他們回去後只需依照畫面顯示的宗教類別按下滑鼠鍵，接下來會出現一些細目，看他們想幫孩子祈福還是誦經，或者跟孩子對話也可以，螢幕上會出現各種音樂和心情紀錄，家屬也可以透過打字跟孩子溝通，我們這邊會有專人根據談話的內容，模擬小孩的心情和語氣回應過去。每個月只收一些管理費，就能為會員提供服務。如果有不錯的概念跟點子，反映給公司後，設計師這邊會盡速更新調整，幫大家提供更好的服務。」

年輕人從身後抽出一本資料夾，翻了幾頁：「讓我們很感動的是，過去這幾個月，已經收到這麼多封感謝函。他們很謝謝公司提供的服務，許多以前來不及跟小孩說的話，現在終於有機會說出來。」

「人都已經不在了，」丈夫沉下臉喃喃說道：「弄這些東西有什麼用。」

「看個人的感覺啦。」年輕人咧了一下嘴，兩頰肌肉有些僵硬：「所以我們完全尊重對方的意願，我們真的只是提供家屬需要的服務而已。像這裡面有個父親提議，可不可以每次把心經打

字一遍後上傳，累積到一定次數，就能把兒子送往比較高層次的境界，例如琉璃淨土還是華嚴世界，不要每次看到的背景都是打打殺殺的畫面。」

「有這種事？」丈夫鼻孔哼了一聲：「如果那個父親作弊，給你用重複貼文的方式，他兒子不就一個晚上爬到天頂見玉皇大帝了？」

「你說的沒錯，」年輕人拍了一下手：「當初聽到這項建議時，馬上就有同事提出跟你一樣的想法，所以在程式設計上有把這點考量進去。」

「你們這要多少錢呢？」妻子指著紅色那一冊：「我兒子應該屬於這邊的吧？」

「沒錯。這邊稍微貴了一些，不過在玩法上比較有趣、生動。」年輕人看著女人：「這很容易的，只要妳有心，想跟自己孩子相處多久都可以，如果覺得枯燥，我們隨時會更新版本讓妳選擇，不想再繼續下去的話，也可以隨時中止服務，很自由的。」

看來這個太太已經動心，年輕人點了兩下滑鼠，螢幕瞬間變出許多分格影像：「妳看，只要妳願意，他有這麼多地方可以去。這裡有倫敦、巴黎、東京……，學校有劍橋、哈佛，要讀本土的台大也可以，想讓妳孩子唸哪裡，還是讓他住豪宅，隨妳自己的意思。重要的是這邊全天候都有人管理，有什麼狀況妳隨時可以傳訊或打電話過來，馬上有專人為客戶服務。」

「你覺得呢？」妻子碰了一下丈夫的手肘，兩人對看一眼，往門外走去。「你讓我們商量一下。」

「沒關係。」年輕人站起身鞠躬：「謝謝你們給我服務的機會。」

　　　2

　　有很長一段時間，兩夫妻下班就守在電腦螢幕前，仔細討論兒子的住處環境，今天跟昨天差在哪裡。上班時一想到，也會在電腦桌前偷看他在做什麼。自從買了軟體之後，他們讓遊戲公司把孩子從籠子裡移出來，放置到一間有院子的兩層樓小屋裡。公司的專員告訴他們：「如果你們兒子不滿意，我們還有其他的住處選擇。」

　　他們感覺得出來，兒子在那邊過得還算不錯，兩個月下來，臉頰豐潤了一圈，他喜歡在樓上樓下不停走動，或坐在門前台階上發呆。只有幾次他想要衝出大門外，不過遊戲公司早已設計好一層無形的防護網，一跨出大門半步，馬上被防護網給擋了下來。他頂多可以繞著屋外的籬邊小路散步，像個文人安安靜靜地沉思走路，然後乖乖回到屋裡。他們怕他無聊，從網路商店點選一些書、房間裡掛上幾幅名畫，也挑了幾片 CD 精選讓他聽。直到他們也覺得這些曲子聽膩了，才又換其他音樂。最近他們想在兒子的住處四周植些花草，好讓屋子看起來有氣質一些，不過很快就被兒子踩扁。

　　「他一定覺得，現在的生活跟以前尋寶探險的日子比起來，一點都不刺激吧。」丈夫說。

　　「沒關係，有一天他會習慣的。」妻子挪了一下滑鼠，朝網路商店裡的花草區點了三四下，底下儲值的點數立刻減去一些數

字，小屋窗邊長出三排嫩葉。

「下次再不乖，去找一排有刺的草來，看你還敢不敢亂踩。」丈夫對螢幕裡的兒子罵。兒子站在小屋樓上的窗邊，只露出半張臉，看不出他在裡面做什麼。

「你看你，把他嚇成這樣，好不容易才乖乖待在這裡，別又給你鬧失蹤了。」

丈夫看了一下舉手搔頭的兒子，還是無法看清楚他的表情。「他到底聽不聽得到我們說什麼啊？」

「那有什麼關係？」妻子說：「他乖乖待在那裡，不要亂跑就好。」

有時候兩夫妻看了半天，從螢幕底下拉出其他視窗，馬上出現以前兒子熟悉的遊戲場景，有的是日本古代戰爭場面，再敲一下滑鼠，又變成古堡城牆底下的騎士爭鬥，背景音樂跟著出現怪獸嘶吼的怒聲，間雜刺耳的電子音樂。通常兩夫妻看了一陣就切換回來，他們還是受不了那種昏天暗地不斷打鬥的世界，動不動就要把全世界毀滅，然後在囂囂的鬧聲裡狂按滑鼠發動攻擊，把自己當作是拯救世界的英雄。真是太好笑了。

雖然只是過去那邊看個幾分鐘，偶而還是會冒出幾個真人影像的年輕人，跟大砲、機關、刀槍交互穿插，手腳靈活地不斷逃過一波又一波的槍林彈雨，遲鈍一些的很快遭背後追上來的武器鏢到，倒在地上鮮血直冒。

「真噁心。」妻子一看到這種畫面，趕緊搗住雙眼。

「這又不是真的死亡。」丈夫把畫面切換出去：「等下次再來看，這幾個還不是在這邊跑來跑去？是他們自己愛跑進來玩

的。」

「如果沒把這些人抓回籠子裡，那他們不就要被打死好幾次？」

「不是跟妳說了，」丈夫有些不耐煩：「如果這是真的死亡，他們就不會在這裡了，這一切都是假的。」

「我只是覺得他們怪可憐的。」妻子一臉無辜：「就算抓回籠子裡，如果沒被家人領回去照顧，不就一輩子關在那邊？」

「不要再自尋煩惱了。每個人照顧自己的小孩就夠累了，哪裡有時間管那麼多。」

他們不時走來電腦前，探望一下兒子的動靜。有時候睡到一半，兩夫妻爬起來打開螢幕，發現兒子躺在屋前的長凳上打呼。「不曉得那邊有沒有賣棉被還是帳篷，」妻子把滑鼠移到網路商店的位置，點了一下，仔細尋找裡面的商品，高興地拍手：「太好了！連這個都有在賣，而且現在還特價，點數不用扣太多。」

幫兒子搭完帳篷、鋪好棉被，兩夫妻這才滿意地回自己房間。躺了快一個小時，兩人翻來覆去都沒睡著。「妳是不是又想過去看他一眼？」丈夫問。

「那是你吧。」

「我們這樣算不算迷上電腦遊戲？」

快要睡去的丈夫喃喃自問的同時，他又看見恍恍惚惚的自己走向隔壁電腦前面，看了一下螢幕上兒子的身影，然後按下右鍵拉出不同的視窗，也看看其他空間發生什麼事，同時逛了幾個部落格，瀏覽幾篇文章，至於內容寫些什麼，在他睡去的那一刻都忘記了。

　　第二天早上，兩夫妻向老闆請了半天假，他們的兒子又不見了。這是他住進這邊以來第三次失蹤，前兩次在他突破門外的隱形防護罩時，兩夫妻有聽見電腦發出的警訊聲，他們馬上邊過網路跟遊戲公司聯絡，不到十分鐘，電腦傳來一陣高亢清亮的軍樂聲，然後出現一個戰士威風騎馬的圖像，底下寫著「勝利」兩個字，接著跳回到他們熟悉的螢幕畫面，兒子已經站在小屋的前院裡，不停踐踏剛種好的花草，顯然很憤怒自己怎會又回來這邊，不停癟扭嘴形，聽不見他在說什麼。

　　「小夫，你就乖一點吧，下次看還要什麼，我們再想辦法給你。」

　　「他那屋子起碼是一般人的兩倍大，前後又有院子，有什麼不滿意的？」丈夫說。

　　不過這一次他大概是趁兩夫妻熟睡時跑了出去。一早起來，他們立刻用網路發出求救訊息給遊戲公司，久久等不到回應，這才覺得事情沒有前兩次簡單。兩個小時後，遊戲公司的專員打電話來，說他們的兒子這次是有計畫逃走。

　　「根據我們的資料，過去這兩個禮拜，他和一個最近才闖進來的女人來往密切，是那女人帶他逃出去的。而且，」專員說：「就得到的消息研判，那女人厲害的程度遠超出我們的想像。」

　　「什麼意思？」丈夫問。

　　「到目前為止，這女人是所有闖進來的不速之客中，唯一沒有被武器鏢中的，我們觀察她除了身手靈活外，許多男人還會自動衝上來幫她擋刀擋槍，像她這麼厲害的角色，還是第一次遇見。」

「她家人呢？」妻子問：「總有一天她也會被鏢中吧？他們不想領她回去，好好照顧？」

「剛剛才跟她家裡連繫過，家裡只剩三個小孩。女人是這三個孩子的母親。」

「什麼？」丈夫提高聲音：「你是說我兒子被一個婦人拐走？」

「這方面我們會很快查清楚，請不要擔心。程式設計部門正加緊研發新的捕捉工具，只要逮到那女人，你們兒子很快就回到家了。」

三天後，兒子終於回到自己的住處。不過身形臉色顯得憔悴，看來在外面吃了不少苦頭。他經常呆呆望著窗外，從網路商店送過去的食物飲料擺在門口，動都沒動過，比之前關在籠子裡的模樣還要失魂落魄。

他們傳訊給遊戲公司，希望能提供過去這三天的追蹤紀錄，好讓他們明白兒子離家出走的這段時間，到底發生什麼事。公司專員先是支吾一陣，後來擋不住妻子的咄咄逼問，才告訴他們兒子跑出去的這三天，和那來路不明的女人一起遊歷了幾個時代的戰場與妖魔統治的領空，也到過仙界探險，兩人上天下地玩得很開心，當然也遭遇過三千多次各種暗器的攻擊，「為了保護那女人，你兒子表現得很勇敢，被打中五六次後，重新來過還是繼續守在她身邊。」

「什麼——」妻子的聲調一下子高了起來：「你是說，每個月我們付錢給你們當管理保護費，需要日常用品，還要另外到網路商店儲值，然後買許多產品照顧他，你們竟然讓他隨隨便便跑

出去，還讓他被打死過五六次？」

「那又不是我們願意的。」專員小聲地說：「而且他不是又活過來了？」

「我不管。」妻子說：「我要你們給我一個交代。」

兩夫妻花了一個晚上閱讀當初簽下的契約書，找不出有哪一條可以要對方負責賠償。「真是太便宜他們了。」丈夫生氣地說：「當初買他們的帳，就是希望能幫我們顧好小孩，沒想到後來就這樣敷衍了事，太可惡了。」

「不會只有我們遇到這樣的問題吧？」妻子說：「要不要聯絡其他家屬？給他們壓力，他們才會當作一回事，不敢亂來。」

當天晚上，他們透過螢幕底下的對話框丟出訊息，很快就有家長回應，他們很早以前就想組一個自救會，把各戶人家遇到的問題綜整起來，大家共同商討對策，彙整經驗後寫成備忘錄，以後碰到相同狀況的家庭就知道怎樣處理。

為了怕遊戲公司從網路上探查到他們的意見後，會想出對策來敷衍應付，家屬們決定約出來碰面，就實際狀況來談比較有效果，順便認識彼此。聯誼會那天兩夫妻都出席了，一開始大家的笑容有些僵硬，打招呼時不太敢正視對方，有的像在講什麼不可告人的祕密，表情諱莫如深，椅子與椅子之間故意拉開一些，氣氛有些尷尬。

沒多久一個家長站出來跟大家分享心得，說他加入會員半年多，郵局也知道他們的兒子住在電腦遊戲裡，幾乎每天都會過來和他聊孩子教養的事，有時回去還教訓他的小孩說，人家的兒子在那邊多乖啊。

「說來不怕各位笑，後來那個小朋友跟他爸媽吵架，居然跟他們抱怨，如果有一天我也跑進電腦裡面，你們會像李伯伯那樣細心照顧我嗎？」說到這裡，許多人呵呵笑出聲來。這一笑氣氛輕鬆許多，大家漸漸聊了開來。差不多每個家庭都有同樣的問題，只要有人把這陣子遭遇到的痛苦說出來，其他人就頻頻點頭，幾個婦人邊聽邊流淚。

聊到一半，會議廳的門打開，遊戲公司派了一個專員過來，站立在門邊咧出兩排牙齒，「對不起，打擾各位。」他懇請家屬給他一點時間。「我們真的有誠意幫大家解決問題，雖然做得還不夠好，」專員朝會議廳中間走去，向家屬深深一鞠躬，從公事包裡拿出預先準備好的紙板，把下午才剛拍板定案的優惠方案向大家宣布：每個家庭憑原來的儲值卡，只要輸入密碼，立刻增值一萬個點數，而且網路商店那邊又開發出上百種商品，「歡迎家長們繼選用，相信孩子會過得更幸福，也歡迎各位寶貴的意見能提供給我們，公司會儘快為大家解決問題。」

前排一個婦人馬上站起來：「上次不是跟你們講過，有一個到處誘拐別人小孩的女人？抓到沒有？」

「呃，謝謝這位女士的提醒。目前已經針對她開發出更厲害的捕捉器，馬上會交由各方玩家來執行，只要誰抓到她，就可以得到神祕寶物。請大家給我們一點時間。」

「那你們最好給她訂做一間超級堅固的牢房，把她監禁終生吧。」另一個媽媽舉手說：「你知道過去這一兩個禮拜，我多擔心嗎？難道你們要賠償我的精神損失？」

話一說完，許多夫妻立刻交頭接耳，看來不少人有這方面的

困擾。

「嗯，剛剛那個建議不錯。」專員抹去額上的汗，繼續解釋：「不過到目前為止，公司好像還沒討論怎麼處罰她的事，畢竟在電玩遊戲裡，把對方打死、勾引別人或夥同他人到處遊蕩應該不至於構成犯罪，就好像有人只是在腦子裡幻想自己幹了壞事，在法律上你也不能斷定這人有罪。」

「呵，你說那什麼話？如果你們公司連這事都搞不定，我們幹嘛還要付那麼多錢給你們？」一個男人拍桌罵道。

「說的沒錯。」底下一片附和之聲。

專員很快朝大廳各個角落點幾下頭，腰彎得更低了：「各位寶貴的意見，回去我會轉達給主管，相信很快會給大家一個滿意的答覆。」

那次聚會到晚上十點多才結束，許多家屬都意猶未盡，散會的時候有人提議能不能再找個時間，可以的話，乾脆成立一個社團，定期整合大家的意見，再來向公司反映，必要時也可以發布新聞給媒體，給公司製造壓力，避免大家的權益被他們各個擊破，甚至要他們提供更多的服務。

「真是太好了。」回家的車上，妻子顯得很開心：「這種聚會老早就該辦了，怎麼之前都沒人想到？」

「剛剛忘了提出來，」丈夫說：「應該建議大家下次都帶筆記電腦過去，直接透過螢幕來比較每個小孩的生活條件差在哪裡，這樣要做改進比較快。」

「是啊。」妻子說：「還有那個誘拐人家兒子的女人，大家都恨得牙癢癢的，如果不儘早約束她，恐怕會出更大的亂子。」

「看來以後跑進去的女人只會愈來愈多，小夫也二十幾歲了，如果那邊也有不錯的女人，也許可以請遊戲公司幫他介紹一個。」

「這個想法不錯，省得他屋子裡待不住，又亂跑出去。不過請他們先做好身家背景調查。太難搞的就不要了。」

「那當然。」丈夫說。

兩夫妻一直聊到家門口，又想到許多不錯的點子，例如家屬之間可以商量、交換小孩居住的空間，這樣會更有變化。如果出國或工作忙時，不妨互相幫忙照顧。他們能幫兒子做的事還多著，雖然過了十二點，精神仍然不錯。

洗完澡上樓，電腦裡的兒子已經躺在沙發上睡去。他們怕吵醒他，輕輕關上房門，到樓下客廳看電視。新聞剛巧播出一則沉迷電玩的大學生，終日泡在網咖裡，後來性情大變，偷了家裡好幾次錢，被爸媽發現，竟然拿菜刀砍殺親人的事件。

「嘖，嘖。」丈夫搖搖頭，拾起遙控器轉到別台的同時，抬頭望了樓梯口一眼。

「還好我們小夫沒跟他一樣。」妻子說：「等一下上樓先記得儲值，看看網路商店有什麼新的產品，再幫他買個幾樣吧。」

● 作者介紹

張經宏（1969-），在寫作上自稱「晚熟的人」，和他很喜愛的推理小說家松本清張一樣，近 40 歲才踏上寫作之途。國立臺灣大學哲學系畢業，國立臺灣大學中文所碩士，是生於臺中的在地作家、中文科班出身的小說家。當過高中國文老師、《中國時報》人間副刊駐站作家，目前專事寫作。

　　張經宏從教書到寫作，2011 年，他以〈摩鐵路之城〉獲得九歌出版社舉辦臺灣文學獎史上最高額獎金「九歌 200 萬長篇小說首獎」，同年出版《摩鐵路之城》，聲名大噪，經常得獎，對於「得獎」，他提醒自己寫作是要「專注地呈現自己想寫想說的就好」。

　　2005 年，他擔任臺中一中國文老師，教國文、文學鑑賞、現代文學，學生問他怎樣寫作才會得獎，他便設計「文學創作與文學獎」。對學生，他慣以創作當教案；其寫生活實境，人物如見，地景寫實，故事結構完整，正反的辯證，也是他小說的特色。

　　張經宏《摩鐵路之城》被喻為「臺灣製作的麥田捕手」、「臺中市的浮世繪」和「新寫實主義小說」，他說寫作靈感其實來自批改學生的週記，一個身罹「不爽症」的高中大男孩，在臺中這座人際摩擦、碎光魅惑的城景裡，深陷於龐雜深沉的情境，如何從浪遊漫行中啓蒙、歷劫而開悟，「路」在受苦後展開來；故事披露了生命成長的自我救贖、動人的人物形象和情節穿插。此外，2007 年後的小說創作，獲得教育部文藝獎、聯合文學小說新人獎、時報文學獎、倪匡科幻首獎等。2012 年後陸續出版《出不來的遊戲》、《好色男女》、《雲想衣裳》，《從天而降的小屋》、《晚自習》等小說和散文集。其中《出不來的遊戲》集結他《摩鐵路之城》之前的短篇小說，應視為《摩鐵路之城》前傳。從《出不來的遊戲》到《摩鐵路之城》，年輕學子逃離讀書，進入社會這臺遊戲機，登錄簡單，離開卻是人人難以自拔。

4 縫 ╱ 張耀升

如果要我拋棄與裁縫相關的比喻，我會說奶奶是一塊漢堡的肉餡，上下夾擠著她的是陰暗、角落、發霉這些形而上的生菜與麵包，難以下嚥又丟不掉，於是只好擺在一旁任其酸臭。

白天的時候，奶奶喜歡坐在我們這家老字號西服店的櫃臺後面，客人挑選衣料時，她就在父親的背後提出很多建議。

「要不要考慮雙排扣？」或是「麻料雖然輕，但是容易皺喔。」

父親的身體捆在保守強硬的西服線條框架下，以挺立的姿態、和善的表情拉回客人的注意力，大部分的客人會跟著父親以不回應將奶奶的建議變成喃喃自語，把她變成地震過後牆上留下的裂縫，一個視而不見比較令人安心的缺陷。

有時候我會以為奶奶是隔壁的鄰居，家裡總是沒人理她，吃過晚飯她就順著二樓的木梯爬回閣樓，隱身於天花板之上。

那個臭老人，父親這麼稱呼她，在奶奶爬回閣樓後。

唯一面對面是吃飯的時候，奶奶會開啓許多話題，例如：「上次那件喀什米爾羊毛西裝的版型打得很漂亮。」或：「阿孫該讀小學了吧？」

每當奶奶一張口，父親就用力扒了一口飯到嘴裡，讓舌頭與牙齒間沒有運轉的空間。

雖然沉默，父親的眼睛像老虎一樣閃著光，手抓魚，嘴啃肉，而兩眼緊緊咬著奶奶。

而後，有一天，父親說閣樓的木梯卡榫鬆脫需要拆下修理，

一拆便沒再裝回去，換來的是一天出現三次的工作梯，讓母親把三餐裝在盤子裡送上閣樓，母親像是在餵食野獸，天花板一掀急忙塞入飯菜與換洗衣物，隨即虎躍下梯，雙手一拍撤梯離去，閣樓上的小廁所偶爾傳來沖馬桶與洗澡的水聲，除此之外，家裡不再有奶奶存在的痕跡，發臭的漢堡與破舊的家具被歸為同一類，丟進閣樓裡了。

　　父親並不知道，要上閣樓並不需要工作梯，只要爬上衣櫃，再用衣架頂開天花板，往前一躍向上攀，縮小腹單腳勾著閣樓地板，就可以翻身而上，站在衣櫃上往前一跳是一個可以讓自己瞬間消失的神奇魔術，天花板的洞，通往異次元的縫隙，快過觔斗雲與風火輪。

　　看著爬上來的我，奶奶笑嘻嘻地摸著我的頭，像是選豬肉似的把我整個人拉高，要我轉圈給她看，說我長大了，拍拍我的臉與肩，閣樓西邊開了一扇大窗，夕陽紅通通地漲滿整個閣樓，曝曬在陽光下的奶奶，坐在飄舞的灰塵中，似乎沒有父親以為的那麼臭。

　　她檢視我全身的衣著，看到磨破的卡其褲，便興奮地挪動遲緩的身體，坐到腳踏式的老式裁縫機前，穿針引線，要我脫下褲子讓他縫補上面的破洞，陽光被嘎嘎作響的裁縫機的轉輪切割成一片片的剪影，奶奶笑得瞇起來的眼角泛著淚光。

　　為了讓奶奶笑，我盡可能磨破衣褲，然後回到家，爬上衣櫃，往前一躍，來到奶奶居住的古堡般的世界，讓她樂不可支地責備我的頑皮。

　　那一天我磨破卡其褲後回到家，只見門口停著一輛救護車，

奶奶四肢如麻花般捲在一起，軀幹癱軟如泥躺在擔架上，據說是執意要下樓跌了個空摔落二樓樓梯再滾到一樓店面。父親母親、叔叔伯伯都圍繞在身邊，他們一個比一個哭得還激動，尤其是父親，他聲淚俱下地說：「媽！你走了我們怎麼辦啊？」

　　從殯儀館乘著棺材回到家的奶奶身穿壽衣，父親看著奶奶脖子上的傷疤與骨碎筋裂後向外翻轉的四肢，激動地對著親朋好友說：「我不能讓媽就這樣走，幫我把媽扶起來，我要幫她量尺寸，讓媽穿得體面，我要用最高級的野駝羊毛作一件西服外套。」

　　母親與大伯掩不住驚駭的神情，伸出顫抖的手扶起奶奶的屍體，奶奶的頭軟軟地垂落在旁邊，像是不屑地別過頭去，量完尺寸後，父親以堅定的步伐移到裁縫機旁打版剪裁，而母親與大伯急忙奔到廁所，像是吃壞了肚子，淚流滿面地嘔吐。

　　長輩排隊輪番哭過，一個個離開後，我走近祖母身邊，看見她閉起的眼睛似乎張開了一點點，嘴角微微拉開，像是一個笑容。

　　那天晚上，守靈的夜裡，每一個人都聽見了閣樓的腳踏式裁縫機傳來嘎嘎的聲響，先是隱約地埋在天花板中，再慢慢地傳導到每面牆裡，最後隨著火光破牆而出，刮過每個人的耳膜。

　　燒金紙的母親停止動作，父親也噤聲不哭，工作梯靜靜地斜倚在牆角，為了預防我擅自爬上閣樓，工作梯的兩隻腳被母親用鎖鏈鎖起，偌大的鎖鏈在金紙的火光中時隱時現。火光搖曳，金紙即將燒完了，室內逐漸陷入黑暗，母親急忙拆了一疊丟入火爐，突然竄起的火光把我們的影子妖大地浮貼在牆上，跟著縫紉

機的轉動聲晃動搖擺，而我們卻被定格在客廳裡，奶奶睡在客廳的棺材中，化過妝的臉勉強蓋著一層肉色，既蒼白又紅潤，像退冰的肉塊，我們的眼神由奶奶的臉移到天花板，卻沒人敢上樓去看，裁縫機的聲響持續了一整晚，甚至在出殯後，閣樓裡的裁縫機仍舊像是探測著風吹草動，把一家人由淺眠的夢裡驚醒。

一家人都去看了心理醫生，也服了藥，每一個人又回到安穩無夢的睡眠裡，一切經歷被當作幻覺而遺忘了，只有我例外，偶爾會在半夜醒來，緊閉著眼，聽著一整晚的輪盤運轉聲，想像奶奶一個人在上面，空轉著裁縫機，針線不停地穿過空無一物的面版。

終於，我鼓起勇氣爬上衣櫃，在深夜中小心翼翼地拿著衣架頂開天花板，深呼吸後往前一躍。

沒有月亮的夜裡，閣樓內沒有光，我循著聲，摸著牆，避開廢棄的家具走到裁縫機旁，突然，我感覺到一雙冰冷而爬滿皺紋的手摸上我的臉頰。

「奶奶？」我問。

看不見的手撫著我的臉頰，順著手往上延伸，我勾勒出一個無形的臉在黑暗中點頭笑著。

在漆黑的室內，伴隨著微弱的啜泣聲，我看見一雙比黑暗還黑的手從我赤裸的肩上取下一件半透明蒙著微弱的光的衣服，那雙手捧著那衣服在裁縫機上任由針頭來回穿線補洞，最後再取下衣服套回我身上。

然後，我的眼前就不再是一片漆黑了。我清楚看見奶奶的身影，她穿著父親替她縫製的深藍色西服外套，簡單而硬直的線條

撐出了她整個人的精神，她摸著我的頭，不停地哭。

「以後沒有人會幫你補衣服了，你要小心，別頑皮，這件衣服破了就很難補了。」

「奶奶，你怎麼了？」

她搖著頭，沒有回答我。

「奶奶，你還活著嗎？爸爸他們都說你死了。」

她繼續搖著頭，只是每搖一次頭身影就越模糊，最後完全消失在黑暗裡。

此後，奶奶不再出現了，每次我爬上衣櫃翻上閣樓，都會發現裁縫機比上一次積了更厚的灰塵，家人遺忘了奶奶的死亡過著更幸福的生活，只有我變得不一樣，我看見父親身上除了西裝與襯衫外，還有一件在黑暗中蒙著光的半透明衣服，上面像是蟲蛀過，滿是坑洞。

出殯的前一晚，我在家人都睡著後偷偷爬進棺材裡，靠著奶奶的胸膛小睡了一下，奶奶的臉上浮著一層古龍水的香味，父親親手縫製的西服外套拉高了領子遮住了脖子上的傷疤，看起來非常體面。

昂貴的外套撐起了奶奶身上的線條，略駝的背不見了，斜而下垂的肩膀挺起來，小腹上方收起了腰身，手貼褲縫，腳跟收攏，野駝羊毛纖維細密，多層次的色澤浮游其上，我拉開衣領，發現父親將縫線藏在內裡，連著奶奶的皮膚縫在一起，將四肢與身體收緊靠齊，像把人偶身上的線拉緊，拉扯出一個挺立的睡姿，父親縫製的是一件軟滑艷麗的腸衣外套。

在接到第二十件深藍色西服外套的訂單後，父親開始情緒不

穩，任何一點小挫折都歸咎於奶奶的冤魂在作怪，縫線脫落或衣料出現污漬就大聲嚷嚷說這是奶奶來過的證據。

這次父親不看心理醫生，反而請來了道士，道士說奶奶的靈魂盤踞在閣樓，一隻鬼壓著一整間房子，所以不得安寧，他畫了四張符，兩張燒化後和在冷熱水各半調成的陰陽水裡，分別淨身與飲用，一張貼床頭，最後一張合著四方金燒化。

符紙被火焰吞化後父親整個人癱在椅子上，那一天他很安靜，專心趕製客戶的訂單，家人都入睡後他還在忙，夜半時分我起身上廁所，路過父親的工作室發現他手握裁縫的長剪刀對著牆上的影子發了癲，我背後的燈光映入工作室，裡面散落一地碎布。

「爸，你怎麼了？」我走上前問他。

「我剪死你這鬼影！」

他手握大剪刀，朝我牆上的影子猛剪，頭髮、脖子、胸膛還有手。

「剪死你！剪死你！」

我後退閃躲，他卻追著我的影子過來，他看著牆上的影子，大剪刀直朝我刺，我抬手阻擋，手掌恰巧伸入剪刀的開口。

我的尖叫聲吵醒了母親，她急奔而出，一個箭步，對著發癲的父親用力一踹，父親手上的大剪刀跌落地上，母親急忙將我送醫，沒有回頭看癡呆的父親。

在醫院縫了二十多針回到家後，父親以愧疚的眼神看著我，吃飯時總多夾一塊肉給我，直到我手上的繃帶解掉，他的眼神由愧疚轉為好奇。

　　某天夜裡，我被強烈的刺痛感驚醒，只見父親蹲在我床邊，左手撫摸著我手上的疤痕，右手拿著針線，他說：「乖，別動，這兩片肉沒縫好，縫線外露很難看，我幫你弄個無縫針織。」

　　這一次，母親被我的尖叫聲驚醒後，叫來的是警車，警察把父親的手押在背後，父親雙眼暴突，嚷著：「一定會縫得不留痕跡的。」

　　所有人的視線都集中在父親扭曲的臉上，我卻看見父親拖在地上的影子，它頭垂向一旁，四肢向外翻轉，身上到處都是剪刀剪下的裂縫，窗外漸遠的警車燈一紅一藍掃過上面，影子慢慢縮起身體，像爬在肉上的水蛭，蠕動著靠向我。

　　影子吸走了檯燈的亮度，在漆黑的房裡逐漸成形，略駝的背與內縮的肩膀，那是奶奶，她擠著雙眉發出老鼠般的尖笑聲。

　　「奶奶，你為什麼要這樣做？」

　　她不停轉著眼珠，抽搐的臉頰掀動唇齒，雙手抱頭說：「沒辦法，我忍太久了，沒辦法。」

　　她打著哆嗦，尖叫一聲竄上閣樓。

　　事情過後，家裡所有的剪刀與針都被藏起來，父親像被閹割的狗，在桌椅間鑽入鑽出，找不到可以插入容身，心安歇息的位置，受不了歧視眼光的父親開始長時間躲在閣樓上。

　　在這個父親不存在的屋子裡，我與母親再次過起平靜的生活，直到某天夜裡屋頂上再次響起老式裁縫機的輪盤轉動聲。

　　我來到二樓，用衣架頂開天花板，只見父親雙手緊緊抓著一個黑影，腳踩縫紉機，將黑影往針頭送，被針頭刺過的黑影如沙塵散落一地，像漆黑的夜色淹沒父親雙腳，父親腳踩輪轉，死命

地刺破奶奶的黑影，而散落一地的奶奶化成一渠水、一面紗、一片黑，繞著父親，把他縫入現實世界之外了。

● 作者介紹

張耀升（1975–），自稱「南投內地人」，起初是小說家，現在是寫編導演的文字和影像創作者。曾就讀國立中興大學外文系和國立臺北藝術大學電影創作研究所，期間小作創作屢獲獎項肯定。2003年，28歲時，以獨樹一格的〈縫〉獲得時報文學短篇小說首獎，驚艷文壇，被評如魔幻寫實般，「將最貼近現實和最不可能的東西間不容髮地密合在一起」。

張耀升寫作始於國中，家變後，貧窮使他開始寫作，因為發現寫作是唯一可能逆轉階級的辦法，也是他的黑暗微光。大學時，張耀升喜讀愛倫坡（Edgar Allan Poe）的驚悚小說，看了袁哲生《寂寞的遊戲》的孤獨疏離，他寫下〈伊卡勒斯〉，獲全國學生文學獎短篇小說首獎，自此認真寫作。也曾立志到日本早稻田大學念書，想要以村上春樹為學長。

童年記憶是張耀升的故事素材，早期寫背叛、霸凌、壓制、還魂或人鬼共處、穿生入死等，他心情淡漠，只覺得世界的醜陋是常態，故事情調淒冷而詭異，他自述《縫》是一部既沒光明、又充滿死亡陰影的成長小說。年歲漸長，世界仍然醜陋，他自願「至少可以保有同情」，逐漸溫和同理。張耀升更認為，幽暗人性所操弄的不公不義，是拿筆或攝影機的人應當要向世界發聲的。而他寫故事，多以第三人稱旁觀者的敘述視角，要「像拿著攝影機跟拍主角那樣寫」，人情真實，故事有強烈影像感，常被改編成影視作品。

張耀升在代表作《縫》之後，時隔八年，2011年出版長篇《彼岸的女人》，此後，有小說《你回來的那一年》、散文《告別的年代

再見！左營眷村！》、電影小說《行動代號孫中山》等。有感於文學讀者正在消失，臺灣電影圈也缺故事，他從 2013 年起，把小說拍成影像，從事影視編劇和影像導演，如《鮮肉餅》、《閱讀世代》、《藍色項圈》、《別愛陌生人》、《縫》、《托比的最後一個早晨》、《健忘村》、《再看我一眼》、《回魂》、《鏡文學驚悚劇場影像故事集》等。作品曾入圍金鐘獎、金穗獎、電影節和香港、希臘、美國等國際影展。

　　從小說到影像，再從影像回到小說，張耀升擅於以影像的場景性質來寫故事，同時，他的作品看似冷暗，悲憫俱在，被譽能夠深蘊人文意識。

肆、問題與討論

1. 什麼是「散文詩」？散文詩和一般的新詩有什麼同質和異質的地方？

2. 蘇紹連〈獸〉一詩中，教師最後竟變身成「獸」，你認為如此設計的意義和目的為何？

3. 上網閱讀或實際操作幾首超文本詩後，說一說你較喜歡一般的詩作？還是超文本詩作？為什麼？

4. 張經宏〈出不來的遊戲〉以奇妙的情節，描述夫妻二人尋找、照顧受困於電子遊戲中的兒子，反映出此一家人的親子相處問題是什麼？

5. 張經宏〈出不來的遊戲〉寫電玩使人難以自拔，你認為網路電競一類的視聽遊戲是現實的救贖或是災難？

6. 張耀升〈縫〉寫童眼所見的家庭人物，故事裡如何得知奶奶和父親的母子纏鬥？

7. 張耀升〈縫〉以夢境／夢魘／幻想／魔幻的寫作手法，造成魅惑、陰森的效果，虛實難分。試說明「縫」此一主題在故事中所代表的現實及引伸的意義？

伍、寫作引導

　　校園，我們日日生活其中，卻未必曾好好去欣賞它的四季變化，校園中的裝置藝術、建築文物、人物風情等，必有令人感動讚頌的一方美麗角落。教師可先準備數張校園照片，並講解其中動人故事，以引導同學進入「在美一方——校園詩寫」活動。接著說明寫作規範，拍攝校園一景照片，並搭配相應的原創詩作。再請同學至校園巡禮，拍攝照片，課後完成詩歌創作。完成的作品可實體展出，以達互相觀摩之效；也可製作成數位校園詩地圖。

陸、活動與作業

1. 教師可準備一段具有詩意的影片（約 2-3 鐘長度），請同學說一說觀看的感受。並依據影片的內容配上相襯的文字。

2. 教師可視學生使用多媒體的能力，更進階引導完成一支結合文字、聲音、音樂 2-3 分鐘長度的影像詩影片。詩可自己原創，也可借用其他詩人的作品，製作成聲情兼具的動態詩。

柒、延伸閱讀

1. 張大春（2002）。〈將軍碑〉，收入《四喜憂國》。臺北：時報文化。

2. 駱以軍（2005）。〈降生十二星座〉，新北：印刻。

3. 徐嘉澤（2011）。《詐騙家族》。臺北：九歌。

4. 張經宏（2011）。《摩鐵路之城》。臺北：九歌。

5. 張耀升（2011）。《告別的年代　再見！左營眷村！》。新北：解碼。

6. 魯迅（2016）。《野草》。中國：天津人民出版社。

7. 加布列・賈西亞・馬奎斯（Gabriel Garc?a M?rquez）原著，葉淑吟譯（2018）。《百年孤寂》。臺北：皇冠。

8. 沙林傑（Jerome David Salinger）原著；施咸榮、祁怡瑋譯（2019）。《麥田捕手》（作者沙林傑誕生 100 週年紀念版）。臺北：麥田。

捌、相關影片

1. 拉娜・華卓斯基（Lana Wachowski）、莉莉・華卓斯基（Lilly Wachowski）（導演）（1999）。《駭客任務》（The Matrix）。美

國：華納兄弟娛樂公司。

2.盧泓（導演）（2009）。《生命無限公司》。臺灣：洧誠國際有限公司。

3.蓋瑞‧羅斯（Gary Ross）（導演）（2012）。《飢餓遊戲》（The Hunger Games）。美國：Lions Gate Entertainment Corporation。

4.安吉鎬（導演）（2018）。《阿爾罕布拉宮的回憶》（알함브라 궁전의추억）。韓國：綠蛇傳媒。

5.是枝裕和（導演）（2018）。《小偷家族》（万引き家族）。日本：富士電視臺。

6.奉俊昊（導演）（2019）。《寄生上流》（기생충）。韓國：CJ Entertainment。